KB070275

여러분.
이거 다
거짓말인 거
아시죠?

여러분, 이거 다 거짓말인 거 아시죠?

/ 강병융 소설집 /

한겨레출판

서문*

'메시아'가 왔다는 2000년래의 구라가 있습니다.

신이 죽었다는 구라가 있습니다. 신이 부활했다는 구라도 있습니다. 코뮤니즘이 세계를 구하리라는 구라도 있습니다.

우리는 참 많은 구라 속에 삽니다. 구라의 지층은 두껍고 무겁습니다. 우리는 그것을 역사라고 부르고 문화라고 부릅니다.

인생을 구라 듣듯 산다는 건 슬픈 일입니다. 구라에 만족지 않고 현장을 찾아갈 때 우리는 운명을 만납니다.

운명을 만나는 자리를 '광장'이라고 합시다. 광장에 대한

......

* 본 서문은 감히 "최인훈 〈광장〉의 1960년 11월 〈새벽〉 판" 서문을 패러디했음을 공공연하게 밝힙니다.

5

구라도 구구합니다. 제가 여기 전하는 것은 구라에 만족지 못하면서 현장에도 있지 못하는 한 작가의 '구라'입니다.

아시아적 전제의 의자를 타고 앉아서 민중에겐 서구적 자유의 구라만 들려줄 뿐 그 자유를 '사는 것'을 허락지 않았던 구(닥다리)정권하에서라면 이런 소재가 아무리 구미에 당기더라도 감히 다루지 못하리라는 걸 생각하면 저 빛나는 2016년 겨울이 가져'올' 새 나라에 '살지도 모르는' 작가의 보람을 느낍니다.

2017년 1월, 새벽

차례

그리지 못해 쓴 이야기 01:
점點

* 기호에 따라 찰스 왈쉬레거의 《디자인의 개념과 원리》와 곁들여 읽으셔도 좋습니다.

3센티미터도 채 안 되는 그에게 병상은 너무 컸다.

어디선가 플래시가 터졌다. 그의 죽음을 기다리는 사람들이 꽤 많아 보였다. 누군가가 자신의 죽음을 기다리고 있는 상황이 유쾌할 리 없었다. 방송국에서도 왔고, 신문기자, 잡지기자도 보였다. 그냥 구경꾼들도 꽤 있었다. 병원 관계자가 환자를 위해 사진 찍는 일은 자제해달라고 호소했다. 서로 밀치고, 때리고, 좁은 병실은 말 그대로 아수라장이 되어버렸다. 조명 탓에 실내는 대낮처럼 환했고, 여름처럼 후덥지근했다. 가족들은 취재진에 떠밀려 병실 앞 의자에 앉아 있었다. 의외로 어머니의 표정은 나쁘지 않았다. 담담함까지 느껴졌다.

사실, 아무도 그가 언제 죽을지 몰랐다. 그저 곧 그가 죽을 것이라고 짐작들만 하고 있을 뿐이었다. 어쩌면 그에겐 죽는다는 표현보다는 '사라져버린다'고 하는 편이 더 어울릴지도 모르겠다. 아무튼 대다수의 사람이 그가 죽어 사라져버리기를 바라고 있음이 분명했다. 그 누구도 그의 얼굴이 세모난지, 네모난지는 관심이 없었다.

'작은' 그는 아무것도 하지 않은 채, 병실 침대에 누워 있었다. 사람들이 몸싸움을 하며 그의 침대를 건드릴 때마다, 그 충격이 고스란히 전달되었다. 병원에서는 그를 위해 초소형 침대를 특수 제작해주겠다고 했다. 그를 위한 배려라는 말도 잊지 않았다. 그런데 그 제안을 거절한 것은 그였다. 어릴 때부터 그는 남들을 번거롭게 하는 것을 싫어했다. 부탁이나 청탁을 못 하는 편이었고, 남에게 싫은 소리는 더더욱 못 하는 스타일이었다.

한땐 그도 보통 사람이었다.
'엄지족'이라고 불리지도 않았고, 작아지는 키 때문에 고민하지도 않았다. 물론, 자신이 곧 사라질지도 모른다는 두려움도 없었고, 그것을 취재하러 이렇게 많은 사람이 모여들 것이라고 상상해본 적도 없었다. 보통 사람과 의사소통을 하기 위해 확성기를 쓰지 않아도 괜찮았고, 편의점에서 물건도 마음대로 살 수 있었으며, 스마트폰 액정을 발로 밟지 않아도 전화를 할 수 있었다. 친구나 가족의 주머니를 교통수단으로 이용하는 일은 더더욱 없었다. 비록 큰 키라고는 할 수 없었지만, 자신보다 키 작은 사람들을 놀리며, '호빗'이니 '스머프'니 하는 농담도 할 줄 아는 남자였다.

애인도 있었다. 대학 캠퍼스에서 만나 서로의 공통점에 감탄해 사귄 여자였다. 놀랄 만큼 특별한 사연을 가진 사이는 아니었지만, 적당함보다는 과하게 서로를 사랑하는 사이라 믿었고, 함께 있으면 어울린다는 얘기도 종종 듣곤 했다. 당장 결혼 결심까지는 서지 않았지만, 이 사람이라면 결혼해도 별 탈 없겠다는 생각은 자주 했다. 그런 애인과 헤어졌다.

그는 헤어진 뒤부터 자신이 작아졌다고 믿고 있었다. 확증은 없었지만, 확신이 있었다. 그를 둘러싼 의료진들은 절대 그럴 리 없다고 주장했지만, 그는 믿지 않았다. 그가 눈에 띄게 작아진 뒤로 주변엔 항상 의료진이 있었지만, 그들이 그에게 해준 것은 별로 없었다. 피곤할 때 쉬면서 건강검진 정도 받을 수 있는 병실을 제공해준 것, 음식 조절이 힘들 때 영양제를 주입해준 것이 고작이었다. 그리고 그가 얼마나 빠른 속도로 줄어들고 있는지 측정해준 것 정도. 그 덕에 병원 측은 막대한 홍보 효과를 누렸다. 뿐만 아니라, 곧 사라질 것이라고 예언한 뒤, 그것을 보도자료로 만들어 방송국과 신문사에 돌린 것도 그들이 한 일이었다. 해도 그만, 안 해도 그만인, 의학박사들이 몰려다니며 할 만한 일은 아닌 것 같았다. 게다가 그들이 특별히 잘할 수 있는 일들도 아니었다. 그들은 그에게 관심이 있었지만, 그를 잘 알지는 못했다. 그는 적어도 의료진들보다는 자기 자신이 스스로를 잘 안다고 믿고 있었다.

애인은 정동진에서 그에게 헤어지자고 말했다. 작아지기 전의 그는 애인의 '헤어지자'는 말 한마디를 듣기 위해 청량리역에서 기차에 몸을 실었다. 엄밀히 얘기하자면, 그는 그 먼 곳까지 가서 아무 말도 듣지 못한 격이었다. 그와 애인 둘 다 서울에 살고 있었는데, 왜 정동진까지 가야 하는지 알수 없었다. 사실 그는 기차를 타기 전까지 이별에 관한 그 어떤 징후도 느끼지 못했으며, 단 하나의 조짐도 알아채지 못했다. 그저 평소처럼 사랑하는 사람을 만나러 가는 날이구나, 싶었다. 단지, 오늘은 좀 멀리서 만나는구나, 라고 생각했을 뿐이었다. 날씨는 비극에 걸맞게, 따사로웠다. 햇살은 적당히 아스팔트를 데우고 있었고, 윈드브레이커나 카디

건이면 될 정도의 바람이 적당히 살랑거렸으며, 점심 식사 후 버스에 앉아 잠을 참아내기 만만치 않은 날이었다. 그야 말로 봄철의 곰이라도 만난다면, 두 손을 맞잡고 봄꽃이 만발한 꽃동산으로 뛰어올라 이놈의 곰을 안고 데굴데굴 굴러 내려오면 딱 좋겠다는 생각이 절로 드는 날이었다.

정동진 역전의 바람은 쌀쌀했다. 애인이 약속 장소라고 말해주었던 '카페 선(SUN)'은 어렵지 않게 찾을 수 있었다. 헤어짐보다는 새로운 만남과 어울리는 장소였다. 목조건물 이었고, 큰 창들을 통해 동해를 볼 수 있는 운치 있는 찻집 이었다.

애인은 보이지 않았다. 그는 쓴 커피를 시켜 두고, 애인을 기다렸다. 애인은 선뜻 나타나지 않았다. 대신 카운터에서 그를 불렀다. 곱게 늙은 여주인이 그에게 쪽지 하나를 건넸 다. 그는 쪽지를 받아 들고, 바다가 잘 보이는 자리에 앉아 쓴 커피를 한 모금 마신 뒤, 한숨을 길게 내쉬고, 최대한 태 연한 척하며, 쪽지 속 문장을 읽었다.

단 한 문장뿐이었다. 그리고 애인의 이름이 그 문장 밑에 촘촘히 박혀 있었다. 그는 처음에 애인에게 전화를 해볼까, 했다가 그만두었다. 밖에 나가 진탕 술이라도 마셔볼까, 했 다가 역시 그만두었다. 결국 커피가 식을 때까지 창밖을 보다가, 완전히 차가워진 커피를 단숨에 마셔버리고, 주인에게 고맙다는 말을 남기고 '카페 선'을 나왔다. 고맙다는 말을 하지 말았어야 했는데, 후회하며, 바닷가로 갔다. 넋 놓고 해변에 앉아 있는데, 저 멀리 바다가 긴 선을 그으며 갈라지고 있었다. 갈라진 선에서 또 다른 선들이 쏟아져 나왔다. 선에서 나온 선들은 사방팔방으로 퍼져나갔다. 그중 한 선이 그에게 미친 듯이 달려왔다. 그는 아직도 그 상황이 실제인지, 혹은 제정신이 아니어서 헛것을 본 것인지 알 수 없었다. 그저 자신에게 달려드는 그 날카롭고 공격적인 선이 두려워 그 자리를 피해, 역으로 돌아와, 서울행 기차를 탔다. 그렇게 차창으로 풍경들을 흘려보내며, 집으로 돌아왔다.

곧 사라져버릴지도 모른다는 생각 때문인지, 그의 머릿속에 지나간 삶들이 차창 밖 풍경처럼 스쳐지나갔다. 그는 가능하다면, 취사선택하고 싶었다. 최대한 좋은 기억만 머릿속에 담아두고자 했다. 작아지기 시작한 후 벌어진 일들은 되도록 취하고 싶지 않았다.

애인과 헤어진 후 집으로 돌아오니 입고 있던 옷들이 갑자기 너무 크게 느껴졌던 경험, 조금씩 조금씩 작아진 탓에 언제부턴가 대중교통을 이용할 때 성인 요금을 낼 필요가 없어지고, 그 뒤론 아예 요금을 낼 필요가 없어지더니 결국엔 혼자선 대중교통을 이용할 수조차 없을 만큼 작아져버린 쓸쓸했던 순간, 좀 작아져도 일을 계속할 수 있을 거라며 용기를 줬던 회사 대표가 마우스를 들지 못하는 디자이너와 함께 일하기는 좀 어려울 것 같다며 사직을 요구했던 때, 결국, 〈매일매일 작아지는 남자〉라는 제목으로 공중파 다큐에 소개된 뒤 사람들의 지나친 관심으로 힘들었던 시절, 그래도 호빗보다는 작아지진 않겠지, 라는 생각을 하고 있던 찰나 자신이 보통 사람 키의 절반도 안 되는 80센티미터 이하가 되어버린 것을 알고 좌절했던 상황, '작지만 강한' 건전지 광고 모델이 되어달라는 제의를 받고 고심 끝에 응했더니 광고감독이 그를 직접 보고는 너무 작아서 곤란하다고 미안하다는 표정을 지었던 일화, 사과 세 개를 쌓아둔 것보다 작아져 스머프들 사이에서도 작은 축이라고 웃어대던 친구들과 함께 웃어야 했던 에피소드, 개, 고양이, 나중에는 쥐, 집안에 살고 있는 벌레들에게도 위협을 느꼈던 숱한 고비들.

도무지 떠오르지 않았다. 즐거웠던 기억들을 되살려보려 했지만, 마치 가라앉은 보물선처럼 반짝였던 추억은 기억의 수면 위로 올라오지 않았다. 병실 안팎은 여전히 견딜 수 없을 정도로 시끄러웠다. 며칠 내내 그가 사라져버리길 기다리던 그들도 조금씩 그렇게 지쳐가는 듯했다. 몇몇의 입에서 불만이 터져 나오기 시작했다.

갈라진 바다의 선에서 튀어나온 선들이 자신에게 달려들던 날, 장시간 기차 여행 끝에 얻은 것이라곤 고작 애인의 작별 인사뿐이었던 날에도, 그는 평소처럼 집에 들어와 책상에 앉았다. 작업을 좀 해야겠다는 생각으로 컴퓨터를 켰지만, 진척은 없었다. 뭔가를 해야겠다는 생각이 들었지만, 일도 손에 잡히지 않았고, 애인에게 전화할 엄두도 나지 않았다. 전화를 걸어 화를 내야 하나, 달래야 하나, 일단 만나봐야겠다고 말해야 하나, 감도 잡히지 않았다. 아무 생각 없이, 책상에 앉아 마우스를 좀 만지작거리다가, 마우스패드 대신 마우스 바닥에 깔려 있던, 읽은 지 너무나도 오래돼 읽었는지조차 정확히 기억이 나지 않는, 마우스패드의 역할을 꽤 오랜 시간 한 탓에 표지가 이미 반질반질해진《디자인의 개념과 원리》라는 책을 손가락 끝으로 툭툭 건드려보는 일이 그가 할 수 있는 최선이었다.

며칠 뒤, 생의 룰처럼, 이별의 후일담이 그에게 들려왔다.

그가 듣기를 원하지 않았음에도 불구하고, 후일담은 그의 귀로 꾸역꾸역 기어들어왔다. 애인은 자신을 떠난 것이 아니라, 다른 이에게 갔다는 사실을 알았다. 그 이유가 너무나 신파라서 더욱 슬펐다. 자기 인생도 제대로 디자인하지 못하는 디자이너랑 더 이상 만날 이유가 없다, 비교하면 할수록 친구들의 애인들보다 작아 보이는 것 같아 싫다, 사랑 하나만 믿고 만났는데 그 사랑이 점점 작아지는 것 같아, 사라져버릴까 봐, 두려워서 먼저 떠난다.

듣고 싶지 않았지만 그런 말들이 들려왔고, 믿고 싶지 않았기에 그냥 믿지 않기로 했다. 하지만 믿을 수밖에 없었던 것 중 하나는 애인이, 아니 전(前) 애인이 결국 자신보다 커 보였던, 혹은 실제로 컸던 친구의 애인과 결혼했다는 사실이었다. 전 애인의 결혼 소식을 접한 뒤, 그는 다시 멋진 사랑을 해보리라 결심했지만, 그땐 이미 이름 모를 '작아짐'이 상당히 진척된 뒤였다.

그는 자려고 침대에 누웠다. 하지만 생각처럼 잠이 잘 오지 않았다. 소란한 탓도 있었지만, 바깥의 소란보다 그를 더 괴롭히는 건 내적인 어수선함이었다. 눈을 감아봤지만 잠과는 점점 멀어지는 것이 느껴졌고, 그럼에도 눈을 뜨고 싶지는 않았다. 가능만 하다면, 귀까지 꽉 막고 싶었다. 눈꺼풀은 있는데, 왜 귀꺼풀은 없을까를 아쉬워하던 차, 누군가가 그를 불렀다. 귀에 익은 목소리였다.

처음으로 공중파에서 그의 이야기로 방송을 만들었던, 〈매일매일 작아지는 남자〉의 피디였다. 피디는 그를 위해 최대한 작게 말하고 있었다. 주변 소음을 헤집고, 피디의 말이 그에게까지 전달되었다.

— 괜찮으세요?

피디는 커다란 돋보기로 그를 보고 있었다. 그는 돋보기를 바라보며, 입 모양으로 이야기를 했다. 고개도 끄덕거렸다. 괜찮다는 뜻이었다. 괜찮을 리 없었지만, 떠오르는 말이 없었다. 피디는 더 이상 아무 말도 하지 못했다. 돋보기 너머로 본 피디의 모습은 더욱 거대했다. 그는 웃어 보였지만, 피디에겐 그의 작은 웃음이 보이지 않았다. 다시 돌아갈 수 없다면, 앞으로 나아가야겠다는 생각이 들었다. 그는 빨리 이 큰 소란에서 벗어나고 싶었다. 그들이 기다리는 소멸의 순간이 어서 빨리 왔으면, 하는 바람이었다.

시원하게 사라져버리는 것도 나쁘지 않을 것 같았다. 병실 밖 의자에 구부정하게 앉아 담담한 척 태연한 표정을 짓고 있을 어머니, 병원 밖에서 줄담배를 피우고 있을 아버지,

친구의 남자친구와 결혼해 위대해졌을 옛 애인이 떠올랐지만, 그들에게도 점점 작아지는 아들, 혹은 점점 줄어드는 옛 남자친구는 별로 의미 있는 존재가 아닐 성싶었다. 오히려 귀찮은 존재에 가까울 뿐이지. 잠시 침묵을 지켰던 피디가 다른 사람들에게 너무 시끄럽다며, 주위를 조용히 시켰다. 물론 그에게는 피디의 그 말 또한 고통스러우리만큼 시끄러웠지만, 피디의 한마디에 주변은 조용해졌다. 뜨겁고 밝았던 조명도 잠시 사라졌고, 덜컹거렸던 침대도 이제 움직이지 않았다. 눈을 감으면, 조용히 잠이 들 수 있을 것도 같았다.

병실 안에는 그야말로 정적이 부유하고 있었다. 그 정적은 아주 조심스럽게 유지되고 있었는데, 언뜻 보아도 아주 위태해 보였다. 대부분의 경우가 그렇듯, 위태로움은 보이는 것만으로 끝나지 않았다. 누군가가 입을 열었다. 누군가는 최대한 작게 말하려고 노력한 것 같았지만, 3센티미터도 안 되는 그에겐 그 목소리가 정확하게 들렸다. 오히려 작게 말하려고 노력했기 때문에 그의 귀에는 더 잘 들렸다.

— 아, 시발, 언제 죽어. 버러지 같은 새끼. 뒤지려면, 빨리 뒤지지. 저 새끼 때문에 도대체 여기서 며칠째 이러고 있냐?

그는 뒤지고 싶었다. 하지만 뒤질 수 없었다. 그 누군가의 말을 듣고, 또 다른 누군가들이 킥킥 웃기 시작했다. 피디가 그들을 바라보았지만, 그들은 아랑곳하지 않고 계속 킥킥거렸다. 그는 정말 뒈져버리고 싶었다. 하지만 그럴 수 없었다. 킥킥거림이 표창처럼 날아와 그의 귀에 박혔다.

그는 줄어들고 있었다. 몸이 점점 줄어드는 것을 느꼈다. 팔과 다리가 줄어들었고, 몸은 둥글게 뭉쳐져 원이 되었고, 머리는 그 원 중심으로 빨려들어갔다. 점점 줄어든 원은 점이 되었다. 아주 납작하고, 시꺼먼 점이 되어버렸다. 방 안을 떠다니던 정적은 소란으로 바뀌었고, 조명은 다시 밝아졌고, 방은 금세 후덥지근해졌고, 그의 어머니는 쓰고 있던 담담함의 가면을 벗어던지며 병실로 뛰어들었으며, 층계참에서 담배를 피우던 아버지도 계단을 뛰어오르기 시작했다. 피디도 자신의 카메라맨을 불렀다.

그는 그렇게 점이 되었다. 다시 점 이전의 상태로 돌아올 수 없었다. 점이 된 그도, 점을 둘러싼 점 전문가들도 그렇게 생각했다. 그렇게 그는 하나의 작은 점이 되어버렸다. 점이.

우라까이[1]

1 '우라까이'는 원래 기자 세계에서의 은어로 '기사의 내용이나 핵심을 살짝 돌려쓰는 관행'을 이르는 말입니다만, 최근에는 그냥 '기사 베끼기'를 통칭하는 말로도 쓰입니다. 이 소설은 작가가 쓴 것이 '절대' 아닙니다. 2008년 2월 25일부터 2013년 2월 25일 까지의 기사들을 '복사하고(Ctrl+C), 오리고(Ctrl+X), 붙여서(Ctrl+V)' 만든 일종의 '(복사하고 붙여서 만든) 복붙소설'입니다.

✻ 본 '우라까이'를 읽기 싫으신 분들은 들으실 수 있습니다.
   www.youtube.com에서 '우라까이 강병융'을 검색하시면 됩니다.
   단, 목소리(혹은 내용)의 거북함으로 인해 구토 및 문학 기피 현상이 일어날 수 있으며,
   운전이나 작업 중에 들으시면 사고 발생률이 높아질 수 있습니다.

✻ 기사 원문에 충실하게 '복붙'하였기에 맞춤법과 띄어쓰기가 틀릴 수 있습니다. (편집자 주)

Gee[2]

Oh 너무 부끄러워 쳐다볼 수 없어

정말 너는 정말 못 말려

말도 못 했는걸 너무 부끄러워하는 난

용기가 없는 걸까 어떡해야 좋은 걸까

두근두근 맘 졸이며 바라보고 있는 난

2 소녀시대, 〈Gee〉, 작사 · 작곡 · 편곡: 이트라이브(E-Tribe),
케이엠피홀딩스, 2009년 1월 5일 발매.

©김수진

1. Pride 교만

최근 거대한 '괴물쥐'가 사람을 잡아먹는 사고가 잇따르고 있다고 영국 일간지 더선이 3일 보도했다. 이 괴물쥐는 몸길이가 1m에 육박하고, 앞 이빨은 2.5cm에 이른다. 최근에 이 괴물쥐가 아이들을 연쇄 공격, 2명이 희생됐다. 쥐 종류 중에선 가장 덩치가 큰 것으로 알려진 이 괴물쥐는 식물과 동물을 닥치는 대로 먹는 잡식성으로 알려졌다. 지난달에는 77세 할머니가 괴물쥐에게 얼굴 반쪽이 뜯겨나간 채로 사망한 사례가 보고됐다.[3] 쥐약도 힘을 못쓰는 괴물쥐의 등장에 낙동강이 몸살을 앓고 있다. 원래 초식성이었지만 한국에 들어오면서부터 잡식성으로 변해 벼 · 당근 · 미나리 · 물고기 등을 닥치는 대로 먹어 치우고 있다.

한편 괴물쥐가[4] 인근 재래시장을 찾았다.

....

3 디지털뉴스팀, '헉! 고양이보다 큰 쥐…1m 몸집으로 사람도 잡아먹어' 《경향신문》, 2011년 6월 4일자.

4 최동수 기자, "'불사신' 괴물쥐 뉴트리아, "쥐약 먹고도 안 죽어"' 《머니투데이》, 2013년 11월 29일자.

직접 장을 보면서 체크무늬 시장바구니를 손에 들고 백설기, 밤, 황태포, 과자, 쇠고기 등을 직접 담았다. 상인들도 알아보고 "오랜만에 오셨다"며 반색했다. 지나가던[5] 30대 남성에게는 "열심히, 끈질기게 장사를 하면 된다. 내가 장사를 해봐서 잘 안다"고 격려하고, 밤늦게까지 영업 중인 가게들을 둘러봤다. 골목과 상가를 누볐다. 상점들을 둘러본 뒤 인근 한 식당에서는 시민과 섞여 야식으로 설렁탕을 들었다. 이어[6] 인근 골목상가 조그마한 구멍가게에 들렀다. 가게에서 '뻥튀기' 과자를 발견, "뻥튀기를 보면 틀림없이 사게 된다. 어릴 때 길에서 만들어 팔았었다"면서 직접 집어 주위에 나눠주고 지갑에서 2000원을 꺼내 값을 치렀다.[7]

대화 도중에 김씨로부터 의미심장한 말을 들었다. 용역업체 미화원은 30년을 근무하나 한 달을 근무하나 월급이 같단다. 30년을 근무한 환경미화원 월급이 145만원, 이제 갓 입사한 미화원 월급 또한 145만원이라는 것이다.[8]

....

5 이승우 기자, '李대통령 내외, 재래시장서 설 장보기' 〈연합뉴스〉, 2012년 1월 21일자.

6 안용수 기자, '李대통령 "설 대목에 많이 파셨습니까?…"'
   〈연합뉴스〉, 2011년 1월 29일자.

7 이길호 기자, '시장찾은MB "서민고통 마음아파"' 〈뉴데일리〉, 2009년 7월 14일자.

8 서상준 기자, '환경미화원 봉급과 처우 '양극화'' 〈주간경향〉 854호, 2009년 12월 15일자.

관련해 "나 자신이 한때 철거민, 비정규직이었기 때문에 그 사람들의 마음을 잘 알고 있다"고 말했다.[9] "나도 대학 다닐 때 재래시장에서 환경미화원을 했다"고 말했다. "직업에는 귀천이나 위아래가 있지 않다. 나름대로 다 귀한 것이다. 어떤 일을 하든지 긍지가 필요하다"며 이같이 말했다.[10]

김아무개 할머니는 "돈도 조금 주면서 밥 먹을 곳도 안 준다는 것이 말이 되나"라며 "무시하는 것 같아 기분이 나쁘다"라고 혀를 찼다.[11] "새벽 4시에 일어나 가족들의 밥을 차려놓고 6시까지 출근을 한다. 그때부터 오후 4시까지 일을 하고 5시 즈음에 집에 다시 돌아온다. 집에 도착하면 청소, 빨래, 저녁 식사 준비까지 고스란히 어머니(혹은 아내)인 본인의 몫이다. 다 끝내면 잠깐 TV를 볼 틈도 없이 잠을 자야 한다. 내일 4시에 일어나야 하니까."[12]

....

9 이충신 기자, 'MB, 이번엔 "나도 환경미화원 했는데…"' 《한겨레》, 2011년 3월 29일자.

10 윤태곤 기자, '환경미화원 만난 MB "나도 한 때는 환경미화원이었다"'
  《프레시안》, 2011년 3월 28일자.

11 최지용 기자, '서울대병원 청소노동자들 "밥 먹을 공간도 없다"'
  《오마이뉴스》, 2010년 7월 21일자.

12 김세현 연세대학교 학생, '"당신이 청소 노동자를 '이해'한다고요?"'
  《프레시안》, 2011년 1월 12일자.

한 청소노동자가 눈물을 닦고[13] "괴롭힘 때문에 너무 힘들다. 사직서를 쓰고 싶다"고 한탄했다.[14]

사람을 잡아먹는 이 괴물쥐는[15] 어려움을 호소하는 참석자를 언급하며 상경한 후 과거 이태원시장에서 환경미화원을 했던 경험 등을 이야기하면서 "내가 환경미화원의 대부"라고 말했으며[16] "내가 옛날에 노점상 할 때는 이렇게 만나서 얘기할 길도 없었다. 끽소리도 못하고 장사 되면 다행이고 안 되면 죽고. 하소연할 데도 없었다.[17] 지금은 이야기할 데는 있으니 좋지 않나. 힘내자"고 격려했다.[18]

시민과 상인들의 반응은 열광적이었다.[19] 어이없다는 반응을 보이고 "역대 최고의 개그"라고 비웃었고,[20] "보여주기

....

13 정혜규 기자, '43일째 천막농성중인 홍익대 경비노동자 집회 열어'
〈민중의소리〉, 2012년 6월 20일자.

14 최하얀 기자, '"그토록 바랐던 노동조합, 꿈만 같습니다"' 〈프레시안〉, 2012년 10월 15일자.

15 디지털뉴스팀, '헉! 고양이보다 큰 쥐...1m 몸집으로 사람도 잡아먹어'
〈경향신문〉, 2011년 6월 4일자.

16 이길호 기자, '시장찾은MB "서민고통 마음아파"' 〈뉴데일리〉, 2009년 7월 14일자.

17 김수정 기자, '이명박 "얘기할 수 있으니 살기 좋은 세상"'
〈미디어오늘〉, 2009년 7월 2일자.

18 이길호 기자, '시장찾은MB "서민고통 마음아파"' 〈뉴데일리〉, 2009년 7월 14일자.

19 류정민 · 김수정 · 김원정 기자, 'MB, 진정성 없는 포장 정치의 함정'
〈미디어오늘〉, 2009년 9월 24일자.

20 디지털뉴스부, 'MB "우리는 도덕적으로 완벽한 정권"' 〈한겨레〉, 2011년 9월 30일자.

쇼이자 국민 눈속임"이라고 지적했다.[21]

하지만 이런 말을 앞에서 꺼내자마자 벌컥 화를 내며 처음 듣는 이야기라며[22] 추가 질문을 받지 않고, 자리를 떴다.[23]

....

21 류정민 · 김수정 · 김원정 기자, 'MB, 진정성 없는 포장 정치의 함정'
〈미디어오늘〉, 2009년 9월 24일자.

22 최인기 빈민활동가, '낡은 것이 환생하는 도시의 '외로운 섬''
〈참세상〉, 2012년 10월 26일자.

23 선대식 기자, '박근혜 "큰 우려"… 이명박 대통령과 정면 충돌'
〈오마이뉴스〉, 2013년 1월 29일자.

ⓒ김수진

2. Envy 시기

쥐 종류 중에선 가장 덩치가 크다고 알려진 이 괴물쥐는[24] 서울 논현동 자택으로 돌아가는 대신 서울 강북과 경기 지역에서[25] 제주 해군기지 건설에 반대하는 강정마을 주민이나 용산참사 유가족은 물론 골프장 건설을 반대하는 강원도 주민들, 이동권·생존권 보장을 요구하는 장애인들, 핵발전소 폐기를 촉구하는 경상도 주민들, 국가 폭력에 신음하는 시민들을 직접[26] 만나 "인간적인 성찰과 고민을 했다. 사죄하는 마음으로 국민께 사과드린다"며 참회의 뜻을[27] 전하지 않았으며, 함성이 현장을 뒤덮었음에도 되레[28] 열정적인 가창력으로 '아침이슬'을 불러 눈길을 끌었다.[29]

24 디지털뉴스팀, '헉! 고양이보다 큰 쥐…1m 몸집으로 사람도 잡아먹어'
〈경향신문〉, 2011년 6월 4일자.

25 홍성룡 기자, 'MB사저, 논현동 아닌 강북과 경기도에 사저 터 물색'
〈조은뉴스〉, 2011년 11월 28일자.

26 진명선·정환봉 기자, '대한문 농성촌, MB정부에 상처받은 이들의 '힐링캠프''
〈한겨레〉, 2012년 11월 19일자.

27 엄지원 기자, '법정서 울던 최시중, 사면 받자마자 "난 무죄야"'
〈한겨레〉, 2013년 2월 1일자.

28 조현호 기자, 'KBS 재야 촛불시위·함성 '고의적' 은폐 의혹'
〈미디어오늘〉, 2009년 1월 1일자.

그날 하늘에는, 검은 달이 떠 있었다.

그날은 그믐이었으니까.

음력 사월의 빛은 모두 저버렸으니까.

사람 사는 세상을 만들겠다던 포부를 지녔던 한 사람의 삶이 모두 저버렸다.[30]

마을에 귀향해 227일 동안 살았던 밀짚모자를 쓰고 특유의 바보 같은 미소를 지으며[31] 국민을 사랑했고, 가까이했고, 벗이 되고자 했던 타고난, 항상 서민 대중의 삶을 걱정하고 그들이 사람답게 사는 세상을 만드는 것을 유일하게 자신의 소망으로 바라던 사람[32]이 세상을 떠났다.[33]

자주 다니던 길을 따라 산을 올라, 400m쯤 떨어진 봉화산 7부 능선 가파른 언덕 위에 놓인 높이 30m의 '부엉이바위'

....

29 심은경 한국인권뉴스 기자, '전주 버스파업 방기하는 민주당은 이명박 비난할 자격 없다' 〈참세상〉, 2011년 4월 1일자.

30 김연수 소설가, '그날 하늘에는, 검은 달이 떠 있었다' 〈한겨레〉, 2009년 5월 29일자.

31 최오균 기자, '아! 노무현... 보면 볼수록 아쉽네' 〈오마이뉴스〉, 2012년 2월 3일자.

32 류정민 기자, '김대중 전 대통령, 전하지 못한 추모사' 〈미디어오늘〉, 2009년 7월 3일자.

33 손원제 기자, '"대통령 자질, 권력의지보다 보통사람 심성 갖는게 중요"' 〈한겨레〉, 2012년 5월 13일자.

에 도착했다. 부엉이들이 자주 앉아 있어 오래전부터 부엉이 바위라고 불려온 바위로, 평소 자주 바라보던 곳이었다고 한다.[34]

바보 같은 소탈한 모습으로[35] 바위 위에 서면 발밑에 깎아지른 듯한 '부엉이바위' 절벽에서 투신했다.[36]

두개골 골절과 늑골 골절 등 다발성 골절, 머리 뒷부분이 심하게 손상된 상태였으며 자발적 호흡이 없었다.[37] 고인의 유서에는 짧은 문장과 비교적 긴 문장이 어울려 만드는 단호한 리듬과 처연한 속도감이 있다. 이 다감하고 열정적이었던 사람의 절명사는, 고결한 정신과 높은 집중력에서 비롯하는 순결한 힘 아래, 우리 시대의 어느 시에서도 보기 드문 시적 전기장치를 감추고 있다. 고인이 믿었던 미래의 힘

....

34 강인범 기자, '"담배 있나" "없습니다" "됐다"… 갑자기 투신'
〈조선일보〉, 2009년 5월 23일자.

35 이영철 기자, '노무현 떠난 날, 봉하마을엔 5000여명 참배'
〈아시아경제〉, 2012년 5월 23일자.

36 윤희각 기자, '높이 30m 70도 경사… 주민들 '자살바위'로 불러'
〈동아일보〉, 2009년 5월 24일자.

37 염강수 기자, '노무현 전대통령 서거' 〈조선일보〉, 2009년 5월 23일자.

과 깊이가 그와 같다.[38]

유서에는 '그동안 너무 힘들었다. 너무 많은 사람들을 힘들게 했다. 책을 읽을 수가 없다. 삶과 죽음은 하나가 아닌가. 원망하지 마라. 화장해 달라. 마을 주변에 작은 비석하나 세워 달라'는 등의 내용이 실려 있는 것으로 알려졌다.[39]

해충 쥐는[40] 사람답게 사는 세상을 만드는 것을 소망으로 바라던 사람[41]의 사망 소식을 듣고[42] "어디 중병에 걸렸나?" 마치 놀리는 듯한 태도를 보였다. 자신과는 무관하다고 강조했다.[43]

영결식에 참석해 가족들의 손을 잡고[44] 증오, 복수로 가득찬 망나니춤을 추기 시작했다.[45] 운구차가 들어서자[46] 쥐는

....

38 황현산 문학평론가, '삼가 노 전 대통령의 유서를 읽는다' 〈한겨레〉, 2009년 5월 28일자.

39 소수정 기자, '유서로 본 자살 원인' 〈코메디닷컴뉴스〉, 2009년 5월 23일자.

40 배민욱 기자, '도심 쥐떼 창궐 '11월 위험주의보'… 이젠 사람위협'
〈뉴시스〉, 2010년 11월 21일자.

41 류정민 기자, '김대중 전 대통령, 전하지 못한 추모사' 〈미디어오늘〉, 2009년 7월 3일자.

42 장상진 기자, '김정일 사망에 일본도 중국도 긴박한 움직임'
〈조선일보〉, 2011년 12월 19일자.

43 안홍기 기자, 'MB, 노무현 사망소식 듣고 "어디 중병 걸렸나 생각"'
〈오마이뉴스〉, 2013년 2월 5일자.

44 이승윤 기자, '이명박 대통령 영결식 참석해 눈시울 적셔' 〈YTN〉, 2010년 4월 29일자.

보이지 않았다.[47]

영결식에 참석한 2천5백여명의 주요 인사와 시민들은 시종일관 눈물을 참지 못하는 모습을 보였다.[48] 영결식을 치른 유해가 화장을 위해 연화장에 도착했다. 마지막 작별을 위해 모여든 수천여 추모객들은 노란 종이비행기를 접어 날리며 고인의 마지막 가는 길을 애도했다.[49]

쥐는 보이지 않았다.[50] 보이지 않았다. 찾았지만 찾을 수 없었고, 순식간에[51] 굳게 입을 다문 채 경건한 표정으로[52] 자리를 떴다.[53]

....

45 이수호 민주노동당 최고위원. '증오, 복수로 가득찬 이명박 정부의 망나니춤'
〈민중의소리〉, 2010년 5월 27일자.

46 특별취재팀, '엄숙한 분위기 속 노 전 대통령 영결식 엄수'
〈민중의소리〉, 2009년 5월 29일자.

47 KISTI, '탄산도 맛이 있다!' 〈한겨레〉, 2009년 10월 28일자.

48 특별취재팀, '엄숙한 분위기 속 노 전 대통령 영결식 엄수'
〈민중의소리〉, 2009년 5월 29일자.

49 뉴시스 제휴뉴스, '"고 노무현 전 대통령님 화장중입니다"'
〈경남도민일보〉, 2009년 5월 29일자.

50 교도통신, '日 교수, 현미수정 유전자 움직임 차이 밝혀' 〈교도통신사〉, 2011년 7월 3일자.

51 김철수 기자, '상처투성이 시민들 "민중의 몽둥이 어청수 물러나라"'
〈민중의소리〉, 2008년 6월 3일자.

52 이길호 기자, '"사죄하라" 장례식 백원우 뛰쳐나와' 〈뉴데일리〉, 2009년 12월 23일자.

53 선대식 기자, '박근혜 "큰 우려"… 이명박 대통령과 정면 충돌'
〈오마이뉴스〉, 2013년 1월 29일자.

이유가 뭘까?

콤플렉스가 작동했다는 것이다.[54] 의도적으로 강한 모습을 보여서 자신의 약점을 감추려는 일종의 '약자 콤플렉스'가 있다.[55] 레드 콤플렉스(오른쪽 콤플렉스)도 상당한 것 같다.[56] 자기가 하면 그게 뭐든 옳다고 생각하는 '지저스 콤플렉스'[57]도 있다.[58]

....

54 성한용 기자, '청계천 이명박, 용산 이명박' 〈한겨레〉, 2009년 1월 27일자.

55 김환용 기자, '천영우 청와대 수석 비서관 1. "중국 변해야 북한 추가 도발 방지"'
〈VOA〉, 2013년 2월 21일자.

56 정희진 여성학 강사, '페미니즘, 파도에서 파문으로', 〈프레시안〉, 2012년 6월 22일자.

57 서해성 소설가, '너 자신의 청춘을 위해 투표하라' 〈한겨레〉, 2012년 12월 16일자.

58 이정환 기자, '투표나온 이명박 악수 거부했더니, 하는 말이...'
〈미디어오늘〉, 2012년 12월 19일자.

3. Wrath 분노

미국 뉴욕 데일리뉴스의 보도를 따르면 이 거대 쥐는[59] 부활절을 맞아 교회를 찾아 성도들과 함께 예배드렸다.[60] 본당 맨 앞줄에 앉아 예배를 드렸으며 예배 후 성도들과 악수를 나눈 뒤 박수를 받으며[61] 애창곡 유심초의 '사랑이여'(작사·작곡 최용식)와 노사연 씨의 '만남'(작사 박신, 작곡 최대석),[62] 사람들과 '예수로 나의 구주 삼고' 찬송을 불렀다.[63]

이날 오후 광화문 동화면세점 앞에서 '용산철거민 참사 추모와 시국기도회'를 열었다. 400여 교인들의 회개와 참회의 목소리가 울려 퍼졌다.[64] 경찰은 이날 100개 중대 1만

....

59 윤태희 기자, '고양이도 피해 다닌 거대 '괴물 쥐' 충격' 〈나우뉴스〉, 2011년 8월 26일자.

60 이대웅 기자, '이명박 대통령 부부, 부활절 맞아 소망교회서 예배 드려'
〈크리스천투데이〉, 2010년 4월 4일자.

61 송경호 기자, '이명박 대통령, 소망교회서 성탄예배 드려'
〈크리스천투데이〉, 2008년 12월 25일자.

62 디지털뉴스팀, '역대 대통령들의 애창곡 1위는' 〈경향신문〉, 2010년 12월 21일자.

63 이범진 기자, '이 대통령, 옥한흠 목사 빈소 방문' 〈뉴스파워〉, 2010년 9월 4일자.

64 김미정 기자, '촛불 든 교인들 "이명박 정권을 회개시켜 달라"'
〈민중의소리〉, 2009년 2월 24일자.

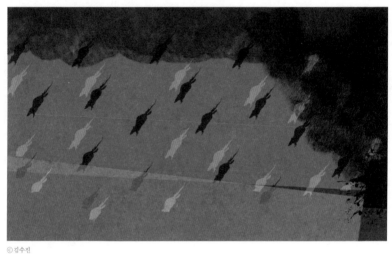

ⓒ김수진

여명을 청계광장과 서울역, 명동 일대에 배치해 청계광장을 완전히 둘러싸고, 광교 도로 부분을 차량으로 완전히 가로막아 시민들의 출입을 통제했다.[65] 유가족인 전재숙씨는 "추운 날씨에 우리를 그리고 용산참사를 기억해주기 위해 나온 분들께 감사하다"며 "아직 마르지 않는 눈물, 참기 힘든 슬픔이지만 여러분들을 기억해 우리도 힘을 내겠다"고 말했다.[66]

참사를 추모하기 위해 모인 시민들에게 경찰이 또 다시 물포를 발포하고 집단 폭행을 가해 부상자가 속출했다. 이 과정에서 경찰이 20대 여성을 집단 폭행하는 장면이 카메라에 포착되기도 했다. 일부 시민들이 보도블록을 깨서 경찰에게 던지고 경찰이 날아온 돌을 다시 시위대에게 던지면서 최소한 부상자 4명 이상이 발생했다.[67] 피켓 하나 들고 광화문을 걷는 것조차 불허하는 상황에서 슬픔 말고 분노를 표출할 수 있는 다른 돌파구가 뭘까?[68]

....

65 고성진 기자, '원천봉쇄 녹인 '용산참사' 추모 열기' 〈통일뉴스〉, 2009년 1월 31일자.

66 강민수 기자, '마르지 않는 눈물이지만... "우리가 희망임을 증명하자"' 〈오마이뉴스〉, 2013년 1월 19일자.

67 김태환 · 차성은 기자, '분노한 시민들 "이런 정권 필요없다. 살인정권 물러가라"' 〈민중의소리〉, 2009년 1월 20일자.

68 문석, '〈두 개의 문〉, 한 방울의 눈물도 등장하지 않는 다큐' 〈레디앙〉, 2012년 6월 25일자.

철거민 농성에 대한 경찰의 강경 진압 과정에서 화재가 발생해 6명이 숨지는 용산 참사가 발생했다. 어두운 새벽에 일어난 참사 소식은 모두에게 충격을 주었다.[69]

철거민들이 농성을 시작한 지 3시간여 만에 경찰특공대 출동을 결정한 것으로 밝혀졌다. 농성을 시작한 후 3시간여가 시간이 흐른 뒤 곧바로 경찰특공대 투입을 전제로 한 초강경 진압작전이 수립됐다. 1차로 경찰특공대 병력이 옥상에 내렸을 때, 5층은 아래로 내려가는 문이 폐쇄돼 있어 화재 후 망루에서 나온 철거민들은 대부분 아래로 뛰어내릴 수밖에 없었다. 그러나 경찰은 추락에 대비한 안전장비도 제대로 갖추지 않았다. 경찰은 스스로 예측한 위험에 대한 안전 대비가 이뤄지지 않았음에도 불구하고 작전을 강행했다.[70]

용산 한강대로변 건물의 농성자를 진압하는 과정에서 6명이 숨지는 참사가 발생한 가장 큰 원인은[71] 이 세상에 단

....

69 강이현 기자, '춘래불사춘...용산은 아직도 그날 같은 '겨울''
⟨프레시안⟩, 2009년 3월 20일자.

70 미상, '6명 죽었는데 은폐 급급… 경찰 거짓말 어디까지' ⟨민중의소리⟩, 2009년 1월 21일자.

71 연합뉴스, ''용산 철거민 참사' 키운 '망루'란?' ⟨SBS 뉴스⟩, 2009년 1월 20일자.

하나밖에 없다는 쥐!⁷²

보도를 따르면 이 거대 쥐는⁷³ 예배를 마친 후에는 조용히 찬양을 부르며⁷⁴ 활짝 웃었다. 얼굴 표정은 전에 없이 환하고, 웃는 모습은 마치 모든 근심을 털어버린 듯 천진난만하기까지 하고⁷⁵ 학생들과 함께 하트를 함께 그리며 다정한 모습을 보여줬다.⁷⁶ 성공하고 있는 징표라는 자신감을 보이는 듯한 표정,⁷⁷ 자족감이 묻어났다.⁷⁸

오후부터 때 아닌 지축을 흔들 정도로 강한 천둥과 땅을 가를 듯한 날벼락이 쳤다. 이와 함께 거센 돌풍이 불더니 급기야 폭우가 쏟아졌다. 그렇게 시작한 비는 밤새 천둥과 번개를 불렀으며 몇 번이고 누전 차단기를 떨어지게 만들었

....
72 청전 스님, '쥐를 모시는 신전' 〈한겨레〉, 2011년 12월 24일자.

73 윤태희 기자, '고양이도 피해 다닌 거대 '괴물 쥐' 충격' 〈나우뉴스〉, 2011년 8월 26일자.

74 이인창 기자, '"복음의 깃발, 이제 우리가 들겠습니다"' 〈뉴스파워〉, 2009년 10월 2일자.

75 강기희 기자, '"이명박 대통령, 이제 행복하십니까?"' 〈오마이뉴스〉, 2009년 6월 3일자.

76 유명준 기자, 'MB와 하트 그린 괴산고 학생들 "웃고싶어서 웃은 거 아냐"'
〈세계일보〉, 2009년 7월 26일자.

77 김남근 변호사, '"MB식 처방"으론 임기 내내 '전세대란' 온다'
〈프레시안〉, 2009년 8월 27일자.

78 안호덕 기자, '감추고픈 박근혜의 과거, 이 사진을 찾았습니다'
〈오마이뉴스〉, 2012년 12월 11일자.

다.[79] 비바람과 함께 빗길 교통사고도 잇따랐다. 폭우로 인한 침수피해도 발생했다.[80]

철제 송전탑이 강풍을 못 이겨 중간 부분이 순식간에 뚝 부러질 만큼 강한 바람이 불었다.[81] 감당하기 벅찬 시련의 거센 비바람이![82]

다시 태풍과 장마의 계절이 돌아왔다.[83]

....

79 강기희, '"이명박 대통령, 이제 행복하십니까?"' 〈오마이뉴스〉, 2009년 6월 3일자.

80 지방종합, '강풍 · 침수 · 정전 등 강원도 내 태풍 피해 속출'
〈강원도민일보〉, 2012년 9월 17일자

81 채민기 기자, '태풍 예보 틀린 기상청 또 망신...미국이 더 정확했다'
〈조선일보〉, 2010년 9월 2일자.

82 이해동 목사, '동아투위 명예회원으로 함께한 38년' 〈미디어오늘〉, 2013년 2월 18일자.

83 홍민철 기자, '4호 태풍, '중형' 한반도 영향권 들어갈 듯' 〈ENS〉, 2012년 6월 15일.

4. Sloth 나태

사람을 잡아먹는 이 괴물쥐는[84] 전국에서 집중호우 피해가 잇따랐는데도 "4대강 공사로 피해가 줄었다"며, "4대강 사업 결과로 강 주변 상습 침수지역이 피해를 면할 수 있었다"고 말했다. 3주간 집중호우로 50여명이 숨지고 6200여억원의 피해가 발생하는 등 전국에서 지류, 지천 피해와 산사태로 인한 손실이 컸다.[85]

한편 우면산 산사태로 총 9명이 사망했다. 우면동 우면산에 산사태가 발생해 방배동 래미안 아파트 단지, 전원마을, 우면동 형촌마을 등 인근 지역이 토사에 매몰돼 사망자가 속출했다. 이번 산사태는 서울 방배동 래미안 아파트 단지도 휩쓸어 최대 3층 높이까지 흘러내린 토사로 피해를 입었으며 과천 방향 우면산 터널과 요금소 사이의 약 50m 구간이 토사로 뒤덮였다.[86] 이번 산사태의 원인으로 공사가 우면

84 디지털뉴스팀, '헉! 고양이보다 큰 쥐...1m 몸집으로 사람도 잡아먹어'
    《경향신문》, 2011년 6월 4일자.
85 사설, "'4대강 공사로 홍수피해 줄었다'는 뻔뻔한 거짓말" 《한겨레》, 2011년 8월 10일자.
86 온라인이슈팀, '방배동 래미안, 우면산 산사태로 '아수라장''
    《아시아경제》, 2011년 7월 28일자.

©김수진

산의 토질을 무르게 해서 폭우에 취약하게 만들었기 때문이라고 지적하는 전문가가 많다.[87] 전문가들은 "하수와 빗물 배수 처리 시스템에 구조적으로 문제가 있다"고 지적하고,[88] 강남 지역 침수 사태를 폭우 탓으로만 돌릴 수는 없다고 인근 반포천 주변의 빗물펌프장과 관련한 구조적 문제가 강남역 일대 침수의 주요 원인이라고 파악, 방수터널을 만드는 방안을 검토할 필요가 있다고 말했다.[89]

이 쥐는 지하철역 등에 서식하는 일반적인 쥐는 아니다. 지난해 여름에도 쥐는[90] 7월 말에서 8월 초에 여름휴가를 떠났으나 올해는 집중 호우와 산사태 등으로 인명과 재산 피해가 속출하면서 휴가 일정조차 잡지 못하고,[91] 대신할 대

....

87 채은하 기자, '평범한 '동네 뒷산'이 '살인 산사태'를 내기까지'
〈프레시안〉, 2011년 7월 29일자.

88 이위재 · 김성민 기자, '하수관 좁고… 광화문 빗물 모두 청계천 몰려'
〈조선일보〉, 2010년 9월 24일자.

89 박현정 · 윤영미 기자, ''물탱크' 된 강남, 주변 하천수위 올라 빗물 역류한듯'
〈한겨레〉, 2011년 7월 27일자.

90 박충훈 기자, '미국 괴물 쥐 출현 "강아지보다 더 크단 말야?"'
〈아시아경제〉, 2012년 1월 10일자.

91 연합뉴스, '이 대통령, 휴가 뒤로한 채 폭우 대책 주력' 〈SBS 뉴스〉, 2011년 8월 1일자.

안으로[92] 터키, 사우디아라비아, 카타르, 아랍에미리트(UAE) 등 4개국을 순방한다고 발표했다.[93]

초속 50m를 넘나드는 강풍이 몰아치면서 태풍이 스쳐 지나간 서울과 경기, 제주, 전남, 경남, 충남 등 전국에서 정전 피해가 빚어졌다. 일반전화와 휴대전화 통화가 끊겼다. 강풍은 주요 양식장에도 영향을 미쳐 완도 등 서남해안 지역의 양식장이 거의 초토화됐다. 해상의 강풍과 높은 파도로 제주를 비롯해 주요 항구의 배편 운항이 모두 중단됐다. 김포와 제주 등 국내선 77편, 국제선 117편 등 모두 194편이 결항됐다.[94]

궁지에 몰린 쥐는[95] 달리 갈 곳 없어[96] 일정을 급히 변경, 서울 지역 수해 현장으로 발길을 돌렸다.[97] 집중 호우로 수해를 입은 피해 현장을 돌아보며 수재민에게 건넨 말이 네

....

92 오태규 기자, ''산' 이명박이 '죽은' 노무현에게 혼쭐나다' 〈한겨레〉, 2010년 6월 2일자.

93 교도통신, '이명박 대통령 2월, 중동 4개국 순방' 〈교도통신사〉, 2012년 1월 31일자.

94 전국종합, '〈태풍 볼라벤〉 곳곳 상흔…인명피해 늘어' 〈연합뉴스〉, 2012년 8월 28일자.

95 조성재 한국노동연구원 연구위원, '우리는 왜 똑같은 전쟁을 거듭하는가' 〈프레시안〉, 2009년 8월 7일자.

96 박태우 기자, '내쫓긴 서울역 노숙인들, 추위도 달리 갈 곳 없어…' 〈한겨레〉, 2011년 11월 30일자.

97 김현수 · 이현호 기자, 'MB, 청계천 찾아 폭우피해 점검' 〈서울경제〉, 2011년 7월 27일자.

티즌 사이에서 화제가 되고 있다.[98] 신월동 일대 반지하 주택 등을 방문한 자리에서 수해를 당한 주부에게 "기왕 (이렇게) 된 거니까 (마음을) 편안하게"라고 위로했다. 수재민이 "편안하게 먹을 수가 있어야죠"라고 막막함을 토로하자 "(그래도)사람이 살아야지"라고 답했다.[99] 이 수재민에게 한 말이 누리꾼들 사이에 '사려깊지 못한 말'로 비판을 받고 있는 가운데, 방송을 통해 전해진 발언을 두고 각종 블로그와 트위터 등에서는 비판이 쏟아지고 있다.[100]

차라리 가지나 말지, 개념이 부족!

수해 피해로 고통받고 있는 분께 '기왕'이라는 단어가 입에서 나온다는 것 자체가 문제!

앞으로 어떻게 살아야 할지 막막할 분께 '기왕 이렇게 된 거'라니![101]

....

98 디지털뉴스팀, 'MB, 수재민에게 "기왕 이렇게 된 거" 논란'
〈경향신문〉, 2010년 9월 23일자.

99 e뉴스팀, '누리꾼들 "기왕 이렇게 된 거 서울을 수영장으로"' 〈한겨레〉, 2010년 9월 24일자.

100 안홍기 기자, 'MB의 수재민 위로 발언에 '기왕쥐사' 등 패러디 넘쳐'
〈오마이뉴스〉, 2010년 9월 24일자.

101 e뉴스팀, '기왕에 (이렇게) 된 거' 〈한겨레〉, 2010년 9월 24일자.

비가 그친 뒤 수해복구 작업이 벌어지고,[102] 비가 그친 뒤면 산 앞으로 무지개가 걸려 있었다.[103]

비가 그친 뒤 많은 인파가 몰려나와[104] 촛불문화제가 서울광장에서 3천여명(주최측 추산)이 참석한 가운데 열렸다.[105] 오후 8시가 넘어서자 촛불집회에 참가한 이들은 더욱 늘었다. 여대생, 여고생, 직장인, 농민들로 가득한 인근 인도변에는 5000여명의 시민들로 가득 들어찼다.[106]

대학생들은 서울 청계광장에서 광우병 위험 미국산 쇠고기 수입 중단을 촉구하는 퍼포먼스를 하고 미국산 쇠고기의 수입 중단과 재협상을 촉구했다. 참가자들은 "미국에서 광우병 소가 발견되었지만 정부는 수입중단은 커녕 검역중단도 하지 않고 있다"며 "미국 현지 조사단은 농장은 가보지도 못하고 고기 냄새만 맡아보고 돌아왔다"고 규탄했다.[107]

....

102 김도균 기자, "'전원마을' 수해복구…다세대 주택.반지하 가구 피해 커'
〈민중의소리〉, 2011년 7월 29일자.

103 양길식 과학칼럼니스트, '물로 무지개탑 쌓기' 〈한겨레〉, 2008년 5월 30일자.

104 김하영·여정민·양진비·손문상 기자, "'배고픈 아이에게 젖 안 주고 때리는 이명박'"
〈프레시안〉, 2008년 7월 5일자.

105 최병성 기자, '3천여명 '의료민영화 반대' 집회' 〈뉴스앤뉴스〉, 2008년 6월 19일자.

106 조한일·최지현·김대현 기자, "'Again 2008', 한미FTA저지 촛불 여의도에서 점화됐
다' 〈민중의소리〉, 2011년 11월 3일자.

하지만 확인 결과 이 쥐는[108] '기왕에' 쇠고기 다 수입하기로 한 것 반대해도 어쩔 수 없는 것 아니냐고[109] 밀어붙이기식 모르쇠로 일관하였다.[110]

107 양지웅 기자, '대학생들 "반값등록금에 광우병까지...거짓말 정부"'
〈민중의소리〉, 2012년 5월 14일자.

108 박용하 기자, '인터넷 '방사능 괴물쥐'의 진짜 정체는?' 〈경향신문〉, 2011년 4월 10일자.

109 안홍기 기자, 'MB의 수재민 위로발언에 '기왕쥐사' 등 패러디 넘쳐'
〈오마이뉴스〉, 2010년 9월 24일자.

110 양해림 교수, '"사회위기 주요 원인, 이 대통령 자신에게 있다"'
〈민중의소리〉, 2009년 6월 12일자.

ⓒ 김수진

5. Greed 탐욕

거리를 가득 메운 촛불의 물결 속.[111]

보통 사람들에게는 좀 생소할 수도 있는 거대한 쥐 한 마리가[112] 청와대 뒷산에 올라가 끝없이[113] 자원외교로 살길 찾아야[114] 한다고 생각했다.[115]

이라크 쿠르드 유전 개발

카메룬의 다이아몬드 개발 사업

버마 자원 개발 사업[116]

미국산 쇠고기 수입 반대 촛불문화제가 서울 도심에서 열렸다.[117] 시민들은 〈아침이슬〉을 불렀다. 촛불꽃이 피었다.

111 송호균 기자, 'MB, '촛불 증오'의 마음으로 '아침이슬' 불렀나?'
〈프레시안〉, 2010년 5월 11일자.

112 유두선 웹캐스터, '한 입 조르는 '슈퍼 쥐' 깜찍? 끔찍?' 〈동아일보〉, 2009년 8월 11일자.

113 송호균 기자, 'MB, '촛불 증오'의 마음으로 '아침이슬' 불렀나?'
〈프레시안〉, 2010년 5월 11일자.

114 길진균·최창봉 기자, '통상·자원외교로 살길 찾아야' 〈동아일보〉, 2009년 1월 9일자.

115 윤형중 기자, '이재오 "이명박 정부 성과 이어가려면 박근혜 후보 뽑아야"'
〈한겨레〉, 2012년 12월 16일자.

116 임지선 기자, '실패한 자원외교 '권력 개입설' 솔솔' 〈경향신문〉, 2011년 9월 20일자.

시청 앞 광장은 평화의 촛불이 일렁였다.[118] "쥐 박멸"[119] 구호를 외치자 주위에 잔류해 있던 시민들도 이 구호를 따라 외쳤다.

구호를 외치자 뒤늦게 도착한 경찰이[120] 시위를 벌이는 시민들을 향해 물을 뿌리고, 방패를 휘두르며 강제 연행을 시도했다. 일부 시민들은 피를 흘리면서 쓰러졌고, 크고 작은 부상자가 속출했다. 평화 집회를 하던 시민들에게 살수차 물을 뿌리고 열댓 명의 전투경찰이 시민들의 사지를 붙들고 억지로 끌고 갔다.[121] 경찰은 이날 76개 중대 병력 6천여 명을 동원했으며 가두시위 진압과정에서 파란색 색소를 탄 색포를 발사하고 방패와 곤봉으로 시위대를 가격하며 진압했다. 경찰은 연행을 피해 인도 쪽으로 달아나는 시민들을 방패와 곤봉을 이용해 폭행하고, 차도에 세워진 펜스를 넘어 인도로 넘어가려는 시민을 끌어당기는 등 위험한 상황을 연

117 허재현 기자, ''촛불', 광화문 점거 아침까지 '끝장' 시위〉〈한겨레〉, 2008년 5월 25일자.
118 황춘화·최현준 기자, '평화 되찾은 촛불집회' 〈한겨레〉, 2008년 7월 1일자.
119 조홍섭 기자, '사상 최대 쥐 박멸 작전 나선 환경론자들'〈한겨레〉, 2011년 5월 12일자.
120 허환주·남소연 기자, '돼지·흑염소가 경찰에 연행된 까닭'
　　〈오마이뉴스〉, 2007년 2월 12일자.
121 이규호 피디, ''촛불', 광화문 점거 아침까지 '끝장' 시위〉〈한겨레〉, 2008년 5월 25일자.

출하며 시민 1명을 연행했다.[122]

식물과 동물을 닥치는 대로 먹는 잡식성 괴물쥐는[123] '광야에서', '아침이슬' 등을 따라 부르며[124] 전용 헬기를 타고 곧바로 공항으로 가, 전용기로 갈아타고[125] 터키와 중동 3개국 순방[126]을 위해 성남 서울공항에서 출국했다.[127]

도하 카타르 왕궁에서 셰이크 하마드 카타르 국왕과 북아프리카나 중동지역을 비롯한 제3국의 대형 프로젝트에 공동으로 진출하기로 합의했다. 연간 200만~400만톤의 카타르 가스를 앞으로 21년 동안 안정적으로 공급하는 방안을 담은 MOU를 체결했다.[128]

....

122 김철수 기자, '3만여명 서울 시내 곳곳 시위…연행 부상자 속출'
〈민중의소리〉, 2009년 2월 28일자.

123 디지털뉴스팀, '헉! 고양이보다 큰 쥐…1m 몸집으로 사람도 잡아먹어'
〈경향신문〉, 2011년 6월 4일자.

124 김하영·여정민·양진비·손문상 기자, '"배고픈 아이에게 젖 안 주고 때리는 이명박"'〈프레시안〉, 2008년 7월 5일자.

125 양정철 기자, '대통령전용기 회항사태는 MB의 '자업자득''〈한겨레〉, 2011년 3월 14일자.

126 뉴스팀, '李대통령 순방으로 국내건설업계 '제2의 중동 특수' 기대감 높다!'
〈부동산신문〉, 2012년 2월 10일자.

127 최현욱 기자, '이명박 대통령 중남미 4개국 순방'〈조선일보〉, 2012년 6월 18일자.

128 청와대, '한-카타르 정상, 포괄적 협력 '핫라인' 개설'〈정책브리핑〉, 2012년 2월 10일자.

아랍에미리트 알아인 알-라우다궁에서 칼리파 빈 자이드 알 나흐얀 대통령과 악수하고 UAE내 진행 중인 원전 건설이 순조롭게 추진되고 있음을 평가하고, 계속 긴밀히 협력해 나가기로 했다. UAE가 국가 미래 발전을 위해 추진 중인 주요 건설·플랜트 사업에 있어서도 호혜적 협력을 위해 노력하기로 했으며, 금융기관의 상호 진출 및 공동투자 등 협력도 발전시켜 나가기로 했다.[129]

압둘라 사우디 국왕과 보건 관리, 의료정보 교류, 의료전문가 교류, 의학 분야 공동프로젝트 및 인력훈련 등 보건·의료 분야의 협력 사업도 추진해 나가기도 하고, 사우디의 국민을 위한 사업에 한국 기업이 적극 참여할 수 있도록 더욱 관심을 기울여주기 바란다고 당부했다.[130]

잡식성 괴물쥐는[131] 인천국제공항 귀빈실에서 기자회견

....
129 청와대, '한-UAE 전략적 동반자 관계 심화·확대' 〈정책브리핑〉, 2012년 11월 22일자.
130 권순익 기자, '李대통령, 사우디 압둘라 국왕과 정상회담'
〈뉴스파인더〉, 2012년 2월 9일자.
131 디지털뉴스팀, '헉! 고양이보다 큰 쥐...1m 몸집으로 사람도 잡아먹어'
〈경향신문〉, 2011년 6월 4일자.

을 열고,[132] 확정되지 않은 자원외교의 성과를 적극 홍보하면서,[133] 느닷없이[134] "앞으로 싸고 질 좋은 미국산 쇠고기를 수입할 테니 잡수시라. 광우병 우려 마시라. 미국 축산업자를 믿고 안심하고 드시라. 다른 말은 모두 괴~담"[135]이라고 말해 좌중에 폭소가 터졌다.[136]

이날 오후에는 뜬금없이 기자실에 400인분의 떡볶이와 귤을 돌리기도 했다.[137]

132 유성호 기자, '"나는 '돈봉투' 모른다... 총선은 불출마" 귀국한 박희태, 국회의장직은 사퇴 거부' 〈오마이뉴스〉, 2012년 1월 18일자.

133 김봉규 기자, '"뻥튀기' 자원외교 또 들통, 이라크 바스라 유전 개발도 졸속', 〈프레시안〉, 2011년 9월 29일자.

134 허재현 기자, '쥐20' 풍자그림 박씨 "담당 경찰관, 전화받더니 배후 누구냐 추궁"' 〈한겨레〉, 2010년 11월 3일자.

135 손문상 기자 외, '"누구에게도 지지 않는 불굴의 MB"' 〈프레시안〉, 2012년 2월 13일자.

136 허환주 기자, '명진 "포항 형제파가 대한민국 접수해 거덜 내고 있다"' 〈프레시안〉, 2011년 1월 4일자.

137 이정환 기자, '김용준 추천은 안병훈 전 조선일보 부사장?' 〈미디어오늘〉, 2013년 1월 30일자.

ⓒ김수진

6. Gluttony 식탐

쥐며느리는 주로 쥐가 많은 곳에 사는데, 쥐가 나타나면 죽은 시늉을 하여 몸을 보호한다. 이를 보고 사람들이 쥐를 두려워하는 모양이 꼭 시어머니 앞에서 꼼짝 못하는 가련한 며느리 같다 해서 붙인 이름이라고 한다.

쥐며느리의[138] '한식에 대한 열정'은 대단한 것으로 알려져 있다.[139] 아이돌 그룹 슈퍼주니어를 초청해 한식 홍보대사 위촉,[140] 홍보대사로 '비'가 참여[141] 쥐며느리 벌레가[142] 직접 배용준씨를 초청해 다과를 함께 하며 한식을 주제로 담소를 나눴다.[143] "고급 호텔에 일식당은 많은데 한식당은 없는 것이 바람직하지 않고 아쉬웠다"면서[144] 미국 뉴욕에 150억원 규모의 고급 한식당을 세워 한식의 이미지를 고급

....

138 박훈구 교사, '손으로 툭 건드리면 '얼음 땡' 놀이하는 벌레'
〈경남도민일보〉, 2011년 10월 11일자.

139 송호균 기자, '청와대가 〈김윤옥의 한식 이야기〉 출판사 협박했나'
〈한겨레21〉, 2012년 1월 3일자.

140 이지은 기자, '영부인은 예산 먹는 한식 전도사' 〈한겨레21〉, 2012년 1월 3일자.

141 김영복 연구가, '한식 세계화의 무덤 50억 원' 〈경남도민일보〉, 2011년 6월 9일자.

142 김형태 변호사, '검찰이 미국 목축업자들의 대변인이라도 된 걸까?'
〈한겨레〉, 2012년 12월 21일자.

143 한경수 기자, '김윤옥 여사, 배용준과 '맛있는 대화'' 〈대전일보〉, 2009년 11월 11일자.

화하겠다던 꿈[145]을 역설하고 나섰다.[146] 대단한 인격과 합리적인 사고를 가진 사람 배용준은 말도 안된다고 일축했다.[147]

쥐며느리는[148] 뉴욕에 50억원을 들여 고급 한식당을 짓기로해 날치기로 (뉴욕 한국식당) 예산이 통과됐으니 식당 간판도 '날치기 식당'으로 하는 게 어떨지 모르겠다고[149] 조만간 협의를 거쳐 추진방안을 최종 확정할 계획이라고 말했다.[150]

배용준은 직접 따뜻한 격려를 전했다.[151] 그는 마지막에 한마디만 했다.[152]

....

144 연합뉴스, '김윤옥 여사 "고급호텔 한식당 없어 아쉽다"' 〈SBS 뉴스〉 2010년 11월 3일자.

145 이인준 기자, "'사모님 예산' 논란 150억원 뉴욕 한식당 결국...'
〈뉴시스〉, 2011년 10월 23일자.

146 조현호 기자, '김윤옥 여사 "이명박-오바마 닮았다"' 〈미디어오늘〉, 2011년 10월 14일자.

147 이다정 · 정해욱 기자, '배용준 성북동 새 집 가보니...수십억 소리 절로 나네'
〈스포츠조선〉, 2010년 11월 17일자.

148 박훈구 교사, '손으로 툭 건드리면 '얼음 땡' 놀이하는 벌레'
〈경남도민일보〉, 2011년 10월 11일자.

149 이충신 기자, "'뉴욕 한식당 개업' 50억도 날치기... '김윤옥 예산' 비판'
〈한겨레〉, 2010년 12월 13일자.

150 고형광 기자, '한식 세계화 숟가락 났나?' 〈아시아경제〉, 2011년 6월 22일자.

151 김수진 기자, '한류스타 배용준의 인기 원동력은 어디에서 올까?'
〈문화예술TV21〉, 2010년 4월 9일자.

152 김현록 기자, '배용준 직격 인터뷰... "송혜교 존재감 없다" 이유는?'
〈스타뉴스〉, 2010년 12월 16일자.

'한식 세계화'라 쓰고 '코미디'라 읽는다.[153]

쥐며느리는[154] "배용준은 의리없는 남자"[155]라며 질타했다.[156] 각종 한식 요리법과 한식에 대한 생각 등을 담은 요리책을 펴낼 예정이라고 전했다.[157]

배용준은 침묵했다.[158]

쥐며느리는[159] '쥐20'[160] 회의에 맞춰 애초 취지였던 이미지를 홍보하는 데 초점을 맞춰[161] 일종의 '정치 선전물'로 여겨 출판 제작했고,[162] 직접 앞치마를 두르고[163] 은근히 자랑

·············

153 송호균 기자, "'한식 세계화'라 쓰고 '코미디'라 읽는다" 〈한겨레21〉, 2012년 2월 11일자.

154 박훈구 교사, '손으로 툭 건드리면 '얼음 땡' 놀이하는 벌레'
〈경남도민일보〉, 2011년 10월 11일자.

155 강승훈 기자, '김새롬, "배용준은 의리 없는 남자" 깜짝 고백'
〈아시아경제〉, 2010년 11월 11일자.

156 디지털뉴스부, '음료수도 못 마시는 곳에서 '김윤옥 만찬'' 〈한겨레〉, 2010년 3월 28일자.

157 황준범 기자, '김윤옥씨 한식 요리책 나온다' 〈한겨레〉, 2010년 3월 20일자.

158 전형화 기자, '反한류? 도쿄엔 '강남스타일'이 울려 퍼졌다' 〈스타뉴스〉, 2012년 9월 6일.

159 박훈구 교사, '손으로 툭 건드리면 '얼음 땡' 놀이하는 벌레'
〈경남도민일보〉, 2011년 10월 11일자.

160 허재현 기자, "'쥐20' 풍자그림 박씨 "담당 경찰관, 전화받더니 배후 누구냐 추궁"'
〈한겨레〉, 2010년 11월 3일자.

161 강경훈 기자, '靑, '김윤옥 한식책' 출판사에 저작권 강탈 시도?'
〈민중의소리〉, 2012년 1월 2일자.

하기도 했다.[164]

단행본 제작에 참여한 출판사 등이 갈등을 빚고 있는 것으로 뒤늦게 확인됐다. 원고를 대필하는 과정에서 간섭과 압박은 계속됐다. 하루에 20통이 넘는 독촉 전화를 받은 일도 있었다. 이 과정에서 결국 5천만원 남짓한 손해를 입었다는 게 출판사의 주장이다. 최근까지 수백 통의 문자메시지와 전자우편을 보냈다. 출판사 쪽이 입은 물질적·정신적 고통의 크기를 가늠하는 것은 쉽지 않다.[165]

쥐들을[166] 위해 앞치마를 두르고 요리하는[167] 쥐며느리의

162 송호균 기자, '청와대가 〈김윤옥의 한식 이야기〉 출판사 협박했나'
〈한겨레21〉, 2012년 1월 3일자.

163 조영주 기자, '논산훈련소에 간 김윤옥 여사 "아들 많이 생겨서 좋다"'
〈아시아경제〉, 2010년 12월 22일자.

164 이승관·전수영 기자, '한일 퍼스트레이디, '김치' 내조외교'
〈연합뉴스〉, 2009년 10월 9일자.

165 송호균 기자, '청와대가 〈김윤옥의 한식 이야기〉 출판사 협박했나'
〈한겨레21〉, 2012년 1월 3일자.

166 김효희 기자, ''쥐와의 동거'… 미국의 쥐 예찬론자들' 〈노컷뉴스〉, 2010년 10월 12일자.

167 전홍기혜 기자, '김윤옥 여사의 '앞치마'를 바라보는 다른 시선'
〈프레시안〉, 2009년 10월 19일자.

168 양철승 기자, '산불 잡는 소방 로봇… 곤충서 영감을 얻다' 〈서울경제〉, 2008년 4월 2일자.

[168] 모습은 누구에게나 호감을 불러일으킬 만하다.[169] 하지만 확인 결과 쥐는[170] 식당에서 시민과 섞여 설렁탕을[171] 즐겨 먹었다.[172] (시민들은 고통을 호소했고.[173])

쥐며느리 벌레가[174] 평소에 즐겨 요리하는 음식과 어렵지 않게 구할 수 있는 재료로 손쉽게 만들 수 있는 일상 요리들을[175] 쥐는 피했다.[176]

잡식성 괴물쥐는[177] '값싸고 질 좋은' 쇠고기라던 미국산 쇠고기[178] 설렁탕을[179] 즐겨 먹었다.[180] '뼛속까지 친미' 쇠고

....

169 전홍기혜 기자, '김윤옥 여사의 '앞치마'를 바라보는 다른 시선'
〈프레시안〉, 2009년 10월 19일자.

170 박용하 기자, '인터넷 '방사능 괴물쥐'의 진짜 정체는?' 〈경향신문〉, 2011년 4월 10일자.

171 e뉴스팀, '동대문시장 간 MB "내가 장사해봐서 아는데…"' 〈한겨레〉, 2011년 1월 29일자.

172 강현숙 기자, '대통령이 반한 맛집을 찾아라' 〈여성동아〉, 2010년 10월 14일자.

173 특별취재팀, '물대포, 방패, 구타, 포악해지는 경찰… 50대 남성 손가락 잘려'
〈민중의소리〉, 2011년 2월 25일자.

174 김형태 변호사, '검찰이 미국 목축업자들의 대변인이라도 된 걸까?'
〈한겨레〉, 2012년 12월 21일자.

175 조영주 기자, '김윤옥 여사, 정상배우자들에 '한식' 책 선물'
〈아시아경제〉, 2010년 11월 12일자.

176 최세민 기자, '뇌 효소, 기억 강화하거나 지우거나' 〈동아사이언스〉, 2011년 3월 10일자.

177 디지털뉴스팀, '헉! 고양이보다 큰 쥐…1m 몸집으로 사람도 잡아먹어'
〈경향신문〉, 2011년 6월 4일자.

178 류정민 기자, '보수언론 '광우병 괴담'이라더니, 광우병 발병…'
〈미디어오늘〉, 2012년 4월 25일자.

179 e뉴스팀, '동대문시장 간 MB "내가 장사해봐서 아는데…"' 〈한겨레〉, 2011년 1월 29일자.

기로 우려낸[181] 설렁탕은 고기의 잡육, 내장 등 소의 거의 모든 부분을 뼈가 붙어 있는 그대로 넣고 하루쯤 고아낸 것인데 서울 지방의 일품요리로서 값싸고 자양분이 많다.[182]

또 괴물 쥐는 체르노빌 괴물 메기처럼 방사능의 영향으로 돌연변이를 일으킨[183] '녹차라테' '녹조곤죽'이라고 불리었던 심각한[184] 4대강 유역의 오염물질을[185] 신인 연예인이 포함된 5~10명의 접대부를 동석시켜 마시고[186] 환호하며 얼싸안고 만세를 불렀다.[187]

괴물쥐는 식물과 동물을 닥치는 대로 먹는 잡식성으로 알려졌다.[188]

....

180 강현숙 기자, '대통령이 반한 맛집을 찾아라' 〈여성동아〉, 2010년 10월 14일자.

181 박상표 연구위원, "뼛속까지 친미' 쇠고기로 우려낸 '가카새끼 짬뽕'?'
〈프레시안〉, 2011년 12월 22일자.

182 김양희 기자, "안녕! 사랑하는 설렁탕과의 이별" 〈통일뉴스〉, 2008년 6월 5일자.

183 ENS뉴스팀, '중국 괴물쥐 출현… 방사능 돌연변이 괴물일까?'
〈민중의소리〉, 2011년 4월 10일자.

184 장여진 기자, '환경연합, 2012년 4대강 8대 뉴스' 〈레디앙〉, 2012년 12월 31일자.

185 남종영 기자, '4대강에 '수질오염총량제' 무용·지물될라' 〈한겨레〉, 2011년 1월 12일자.

186 조수경 기자, "MB측근, 재벌 회장과 연예인 끼고 수천만 원 접대 술자리"
〈미디어오늘〉, 2012년 4월 24일자.

187 류지영 기자, '1988서울올림픽 정주영·2018평창올림픽 이건희… 30년 뛰어넘은 '닮은꼴 열정" 〈서울신문〉, 2011년 7월 7일자.

188 디지털뉴스팀, '헉! 고양이보다 큰 쥐…1m 몸집으로 사람도 잡아먹어'
〈경향신문〉, 2011년 6월 14일자.

7. Lust 색욕

미국 뉴욕주에 애완동물로 쥐를 기르는 사람이 있다고 미국 매체 뉴욕데일리뉴스가 소개했다. 그녀의 집 거실에는 [189] 약 173센티미터[190]의 쥐 조각상이 있으며, 그녀가 가장 좋아하는 영화는 쥐가 주인공으로 나오는 영화[191] 〈MB의 추억〉[192].

"다른 동물들이 할 수 없을 정도로 날 정말 행복하게 해 준다"며 "사람들은 내게 왜 개나 고양이를 기르지 않느냐고 묻지만, 난 그냥 쥐가 좋다"고 말했다.[193] 괴물 쥐와[194] 자신이 "부적절한 관계였다"고 주장한 내용을 폭로해 논란이 일고 있다.[195]

....

189 김효희 기자, "쥐와의 동거'…미국의 쥐 예찬론자들' 〈노컷뉴스〉, 2010년 10월 12일자.

190 고성호·강경석 기자, '어쩐지… 강용석 사퇴 이유 있었네''
〈동아일보〉, 2012년 2월 23일자.

191 김효희 기자, "쥐와의 동거'…미국의 쥐 예찬론자들' 〈노컷뉴스〉, 2010년 10월 12일자.

192 김지혜 기자, "MB의 추억', 점유율 1위 돌풍… 멀티플렉스 움직일까?'
〈SBS뉴스〉 2012년 10월 23일자.

193 김효희 기자, "쥐와의 동거'…미국의 쥐 예찬론자들' 〈노컷뉴스〉, 2010년 10월 12일자.

194 윤태희 기자, '고양이도 피해 다닌 거대 '괴물 쥐' 충격' 〈나우뉴스〉, 2011년 8월 26일자.

195 디지털뉴스부, '나꼼수, "MB와 에리카 김, 부적절한 관계" 논란'
〈한겨레〉, 2011년 10월 31일자.

ⓒ김수진

하지만 쥐는[196] 강하게 부인했다.[197] 얼굴 덜 예쁜 마사지 걸을[198] 찬양하는 취지의 발언을 했다.[199] 얼굴이 덜 예쁜 여자들이 서비스가 좋고, 요즘 룸에 가면 오히려 '자연산'만 찾는다고 말해 논란이 됐다.[200]

"이렇게 어려울 때 결혼해야 하나 생각하겠지만 어려울 때일수록 결혼도 빨리 하는 것이 좋다"며 "옛말에 '아이는 자기 먹을 것을 갖고 태어난다'고 했다"고 말했다.[201] 4대강 사업을 하며 22조원을 탕진[202]했지만, 오히려[203] "(아이 키우느라 자신이) 희생될 수 없다는 당당한 사고를 가진 여성분이 많은데 아이를 낳아서 키우면서도 자아실현을 할 수 있는

......

196 박용하 기자, '인터넷 '방사능 괴물쥐'의 진짜 정체는?' 〈경향신문〉, 2011년 4월 10일자.

197 김용민 시사 평론가, ''나가수' 차기 출연자 김연우, 대기실서 40년?'
　　〈미디어오늘〉, 2011년 3월 22일자.

198 조호진, '역대 정치인 망언 인터넷 설문 조사가 논란을 일으켜'
　　〈조선일보〉, 2011년 6월 25일자.

199 고승우 기자, '한상렬 목사와 이명박 대통령, 누가 문젠가'
　　〈미디어오늘〉, 2010년 8월 20일자.

200 디지털뉴스팀, ''낙지 · 자연산…' 한나라당 '성언'은 끝이 없어라'
　　〈한겨레〉, 2011년 9월 1일자.

201 최훈길 기자, 'MB, 올해 '꼬매고 싶은 입' 선정돼' 〈미디어오늘〉, 2009년 12월 22일자.

202 최명규 기자, '대선 2차 TV토론 주제, '경제민주화' 등 확정.. '환경' 빠져'
　　〈민중의소리〉, 2012년 12월 9일자.

203 김동춘 교수, ''이명박 정부가 정말 실패했는가?'' 〈프레시안〉, 2012년 3월 27일자.

환경이 되도록 뒷받침하겠다"며[204] "내가 해봐서 아는데[205] 아이를 낳아서 얻는 행복감은 아이를 낳아보지 않으면 모른다. 자아실현도 중요하지만 아이를 기르면서 느끼는 행복감도 크다"고 강조했다.[206]

미국 온라인 매체 허핑턴포스트에 따르면 이 쥐는[207] 여성을 비하하는 발언을 한 인물에 올라 여성단체로부터 '꼬매고 싶은 입'에 선정됐다.[208] 자신의 발언이 여론의 뭇매를 맞자[209] 쥐 종류 중에선 가장 덩치가 큰 것으로 알려진 이 괴물쥐는[210] 또다른 쥐 애호가 티아 포스터(27)[211]를 만나기 위해[212] 워싱턴을 방문해[213] 현미경으로 논바닥의 이삭 찾듯,

....

204 최훈길 기자, 'MB, 올해 '꼬매고 싶은 입' 선정돼' 〈미디어오늘〉, 2009년 12월 22일자.

205 안은별 기자, '이명박은 없다, 촘스키는 있다! 그것은 바로...'
〈프레시안〉, 2010년 12월 3일자.

206 최훈길 기자, 'MB, 올해 '꼬매고 싶은 입' 선정돼' 〈미디어오늘〉, 2009년 12월 22일자.

207 박충훈 기자, '미국 괴물 쥐 출현 "강아지보다 더 크단 말야?"'
〈아시아경제〉, 2012년 1월 10일자.

208 최훈길 기자, 'MB, 올해 '꼬매고 싶은 입' 선정돼' 〈미디어오늘〉, 2009년 12월 22일자.

209 조현호 기자, 'MB양배추 두둔 SBS앵커 이번엔 정부비판'
〈미디어오늘〉, 2010년 10월 7일자.

210 디지털뉴스팀, '헉! 고양이보다 큰 쥐...1m 몸집으로 사람도 잡아먹어'
〈경향신문〉, 2011년 6월 4일자.

211 김효희 기자, ''쥐와의 동거'...미국의 쥐 예찬론자들' 〈노컷뉴스〉, 2010년 10월 12일자.

212 최경준 기자, '"시계를 거꾸로 돌리려는 MB... 〈광주일지〉 재출판 돼야"'
〈오마이뉴스〉, 2012년 2월 23일자.

참빗으로 머릿속의 서캐를 속아내듯 샅샅이 훑어왔다.[214] '에리카'[215]라는 별명을 가진 문제의 포스터는[216] 돌연 귀국해[217] 괴물쥐는[218] 애타게 기다리며 설원 앞에서 "오겡끼 데스까"를 외쳤더랬다.[219]

　쥐가 많은 곳에 사는 쥐며느리는 죽은 시늉을 하여[220] 괴물쥐를 잡아달라는 민원을 끊임없이 제기하고[221] 바람이 나 도망가버렸다.[222]

....

213 정욱식, '2009년 5월 서울-평양-워싱턴에선 무슨 일이?' 〈오마이뉴스〉, 2008년 11월 28일자.

214 김성호, '박정희와 김대중, 누가 더 많은 재산을 남겼나'
〈오마이뉴스〉, 2010년 10월 3일자.

215 이정환 기자, '에리카 김, '뉴클리어 밤'을 터뜨리지 못한 이유는'
〈미디어오늘〉, 2012년 4월 15일자.

216 '"다음은 박근혜다" 예고하더니…파문' 〈캐나다 한국일보〉, 2012년 6월 28일자.

217 우상욱 기자, '에리카 김 돌연 귀국 왜? 기획입국설 등 '추측무성''
〈SBS 뉴스〉, 2011년 2월 28일자.

218 디지털뉴스팀, '헉! 고양이보다 큰 쥐…1m 몸집으로 사람도 잡아먹어'
〈경향신문〉, 2011년 6월 4일자.

219 하성태 기자, ''SNL 코리아'의 촌철살인…"이정희는 '카이저 소제'!"'
〈오마이뉴스〉, 2012년 12월 9일자.

220 박훈구 교사, '손으로 툭 건드리면 '얼음 땡' 놀이하는 벌레'
〈경남도민일보〉, 2011년 10월 11일자.

221 임상범 기자, '살인 괴물쥐! 그리고 남아공 빈민가' 〈SBS 뉴스〉, 2011년 6월 7일자.

222 문소영 기자, '최첨단 디지털아트 즐기세요' 〈서울신문〉, 2009년 8월 13일자.

쥐는 살찌고[223] 처절하게 외로웠다.[224] 정말 외로웠다.[225]

바람이 찼다.

바람이 매서웠다.

고춧가루보다 매운 바람을 맞고,[226] 괴물쥐는[227] "개에 대해 영리하다는 평가와 함께 애완의 대상으로 삼는 것은 개들이 인간을 닮아 말을 잘 듣고 따르기 때문이다. 그에 반해 닭은 행동 패턴이 인간화되어 있지 않아 성급하고 아둔해[228] 가치와 방향이 같았고, 장기적으로 함께 가는 게 좋다고 판단했다"고 말했다.[229]

그런데 그럴 수 없었다.[230]

....

223 조은미 기자, 〈명랑〉 이하늘 티셔츠 "쥐는 살찌고" 논란' 〈오마이뉴스〉, 2008년 6월 16일자.

224 박세열 기자, '"청와대 거론하는 전화 한 통에 인생이 바뀌었다"' 〈프레시안〉, 2013년 1월 18일자.

225 오건호 사회공공연구소 연구실장, '"국민연금이 주식 투자 잘해서 수익 냈다고요?"' 〈프레시안〉, 2009년 6월 22일자.

226 박미향 기자, '현빈은 거기 없었다' 〈한겨레〉, 2011년 11월 17일자.

227 디지털뉴스팀, '헉! 고양이보다 큰 쥐...1m 몸집으로 사람도 잡아먹어' 〈경향신문〉, 2011년 6월 4일자.

228 임종업 기자, '"우린 치킨닭 아닌 700만원 짜리 애완닭"' 〈한겨레〉, 2013년 2월 20일자.

229 권우성 · 최지용 기자, '"이명박 대통령, 청문회에 세워야 한다"' 〈오마이뉴스〉, 2012년 3월 19일자.

230 신동호 기자, '정성헌 민주화운동기념사업회 신임 이사장' 〈주간경향〉, 2011년 2월 9일자.

최근에 이 괴물쥐가[231] '값싸고 질 좋은' 쇠고기라던[232] 광우병에 감염된 쇠고기[233] 설렁탕을[234] 먹고 변종CJD에 걸렸다.[235] 광우병에 걸린 소의 증상을 보면 다리 떨림이나 침 흘림, 이번에 광우병에 걸린[236] 괴물쥐의[237] 증상을 보면 다리 떨림이나 침 흘림 같은 전형적 광우병 증상이 없[238]지만 대신[239] 시기, 분노, 나태, 색욕, 자만, 식탐, 탐욕으로 7대 죄악[240]을 밥 먹듯이 하는[241] 증상이 있었고, 평소 대변을 묽게

231 디지털뉴스팀, '헉! 고양이보다 큰 쥐…1m 몸집으로 사람도 잡아먹어'
〈경향신문〉, 2011년 6월 4일자.

232 류정민 기자, '보수언론 '광우병 괴담'이라더니, 광우병 발병…'
〈미디어오늘〉, 2012년 4월 25일자.

233 소수정 기자, '인간광우병과 유사한 CJD 환자 급증' 〈코메디닷컴〉, 2009년 1월 14일자.

234 e뉴스팀, '동대문시장 간 MB "내가 장사해봐서 아는데…"' 〈한겨레〉, 2011년 1월 29일자.

235 소수정 기자, '인간광우병과 유사한 CJD 환자 급증' 〈코메디닷컴〉, 2009년 1월 14일자.

236 김태근 · 박유연 기자, '캐나다 등 美쇠고기 수입국 모두 중단조치는 안해'
〈조선일보〉, 2012년 4월 26일자.

237 최동수 기자, ''불사신' 괴물쥐 뉴트리아, "쥐약 먹고도 안 죽어"'
〈머니투데이〉, 2013년 11월 29일자.

238 김태근 · 박유연 기자, '캐나다 등 美쇠고기 수입국 모두 중단조치는 안해'
〈조선일보〉, 2012년 4월 26일자.

239 이연우 기자, ''철없는' 개그맨 양원경의 솔직 인터뷰' 〈레이디경향〉, 2009년 2월호.

240 장제석 기자, '팍시온 온라인, 7대 죄악 지역 세부정보 공개'
〈게임메카〉, 2011년 1월 11일자.

241 헬스조선 편집팀, '거짓말 자주 하는 사람, 이런 특징 살펴봐라'
〈헬스조선〉, 2010년 8월 1일자.

3~4번 보는데 발작이 있을 때는 설시[242]를 먹곤 했다.[243]

그 놈의 쥐는[244] 광우병 의심 증상으로 사망했다.[245]

거대한 쥐[246]를 품은 닭은[247] 이렇게 말했다.[248]

"병 걸리셨어요?"[249]

라디오 프로그램에서 소녀시대[250] 노래가 나왔다.[251]

....

242 김종열 한국한의학연구원 체질의학연구본부장, '천식발작 '증상일지' 꼼꼼히'
〈한겨레〉, 2009년 6월 15일자.

243 사설, ''열등감 괴물'에서 세계적 감독으로 서다' 〈조선일보〉, 2012년 9월 9일자.

244 솔내음, ''쥐'에 대한 단상' 〈오마이뉴스〉, 2009년 6월 8일자.

245 사설, 'PD수첩의 '광우병 사망자' 조작 사실 밝혀졌다' 〈조선일보〉, 2008년 6월 17일자.

246 유두선 웹캐스터, '한 입 조르는 '슈퍼 쥐' 깜찍? 끔찍?' 〈동아일보〉, 2009년 9월 21일자.

247 강보현 기자, '개를 품은 닭, "세상에 이런 일이!" 대체 왜?' 〈ENS〉, 2009년 12월 10일자.

248 유강문 기자, '박근혜 "5·16. 유신. 인혁당사건, 헌법가치 훼손"'
〈한겨레〉, 2012년 9월 24일자.

249 김성곤 기자, '박근혜 "병 걸리셨어요" 발언 구설수.. 추석 트라우마 때문?',
〈아시아경제〉, 2011년 9월 8일자.

250 정호재 기자, '소녀시대와 카라, 일본어로 노래하는 이유는?'
〈동아일보〉, 2010년 9월 7일자.

251 구대선 기자, ''독도 첫 주민' 고 최종덕씨 기념노래 나와'
〈한겨레〉, 2011년 6월 17일자.

Gee Gee Gee Gee![252]

젖은 눈빛 Oh Yeah.

좋은 향기 Oh Yeah Yeah Yeah.

....

252 김원겸 기자, '소녀시대편곡하면인기끌Gee Gee Gee Gee!''
〈스포츠동아〉, 2009년 7월 14일자.

그리지 못해 쓴 이야기 02:
선 線

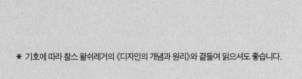

✻ 기호에 따라 찰스 왈쉬레거의 《디자인의 개념과 원리》와 곁들여 읽으셔도 좋습니다.

취직의 기쁨도 잠시였다. 기쁨은 금세 지루함, 무료함으로 바뀌었다. 회사 측은 내게 한 달 이상 아무 일도 주지 않았다. 입사 뒤, 한 일주일 정도 회사 업무 전반에 대해 교육을 받은 뒤, 특수 안경 사용법, 내비게이션 작동법, 흡수기의 이용법과 프로텍터 착용법을 간단히 배운 뒤, 아무 일도 하지 않았다. 그저 '앉아 있는 일'만 하고 있었다. 특별한 지시가 있을 때까진 아무런 활동도 하지 말라는 것, 그것이 유일한 지시였다. 출근 후, 책상에 앉아 인터넷 뉴스를 좀 보고, 체력단련실에 가서 한두 시간 운동을 하고, 다시 자리로 돌아와 시간을 죽이는 일을 했다. 게임을 하거나, 메신저 채팅이나 SNS를 한다고 뭐라 할 사람은 없을 것 같았지만, 왠지 내키지 않았다. 뉴스를 뒤적거리거나 운동을 하면서, 세상 돌아가는 얘기에 관심을 가지며, 업무를 기다렸다. 세상에 대한 관심이 실무에 조금이나마 도움이 되겠지, 라는 생각을 위안으로 삼았다.

아무도 내게 말을 걸지 않았다. 다들 출동을 했거나, 나처럼 컴퓨터 앞에 앉아 무언가를 보고 있었다. 나 역시 그들에게 관심을 가질 수가 없었다. 그건 분위기 탓이었다. 사무실 내 무거운 공기가 나를 차분히 누르는 것만 같았다. 몸이 근질근질했다. 출동 명령만 떨어지면, 빛이라도 때려잡을 수 있을 것만 같았다. 입사 전이나 후나, 내가 결정한 길이 인류를 위해 값진 일이라 믿고 있었다. 그렇지 않았다면, 그 지루하고 답답했던 시간들을 참을 수 없었을 것이다.

그날도 여느 때처럼 무료하게 하루가 시작되었다. 내가 출근을 했는지 안 했는지 다른 직원들은 전혀 관심이 없어 보였다. 난 자리에 앉아 조용히 노트북의 전원 버튼을 눌렀다. 부팅이 좀 더디길 기대했지만, 컴퓨터는 순식간에 잠에서 깨어나 지시를 기다렸다. 익스플로러를 실행시켰다. 그 외엔 마땅히 누를 만한 아이콘도 없었다. 창이 열렸다. 포털 사이트가 언론사별로 헤드라인을 보여주고 있었다. 헤드라인을 더블 클릭. 특별히 읽고 싶은 기사도 없기에, 생각 없이 한 클릭이었다. 새 창에 이름조차 생소한 언론사 사이트가 떴다. 하지만 상관없었다. 무엇을 읽든 시간은 흘러갈 테니까. 활자 중독자가 된 양, 기사들을 마구잡이로 읽어나갔다. 헤드라인부터 정치, 경제, 사회, 스포츠, 연예, 문화 그리고 세계까지 읽었다. 왜 읽고 있는지 알 순 없었지만, 읽는 일 외에 달리 할 일이 없다는 사실은 알고 있었다.

국제면에 난 폴란드의 어느 청년 이야기에 몰입하고 있을 때였다. 어쩌면, 당시 내 처지와 묘하게 오버랩되었기 때문일지도 모르겠다. 혼자 살기로 결심한 청년의 이야기였다. 청년은 사람들과 전면적으로 소통을 거부했으나 반대로 난 사람들에게 전면적으로 소통을 거부당한 느낌을 받고 있었다. 청년은 소통 거부 후 행복해졌다고 주장했고, 난 사람들과, 엄밀히 얘기하자면, 회사 사람들에게 소통을 거부당한 후 불행했다. 결국 청년은 자신이 느꼈던 그 행복을 많은 사람에게 전해주고 싶다며, 소통 거부를 위한 도구를 개발했다고 말했다. 난 가능만 하다면, 소통 거부가 아닌 소통 그 자체를 위한 도구를 만들고 싶다는 생각을 했다. 도대체 소통 거부의 도구가 어떤 것일지 궁금해 스크롤을 조금 더 아래로 내리는 순간, 컴퓨터 화면이 하얗게 변했다. 그리고 모니터 가운데, 활자가 떠올랐다. 호출 명령이었다.

— 지금 당장 출발 대기실로 가시오.

이른바 첫 번째 지시가 내려진 것이다. 그 순간 소통이니, 폴란드니, 도구니 하는 것들은 연기처럼 머릿속에서 싹 사라져버렸다. 그리고 그동안 느꼈던 지루함이나 답답함도 한번에 해소되는 느낌이었다. 난 자리에서 일어나 출발 대기실로 뛰었다. 여전히 다른 직원들은 가구처럼 앉아 있을 뿐, 나의 움직임에는 무심했다. 그들은 원래 그런 존재들이었다. 상대에게 무관심한, 혹은 그래야만 하는.

처음 들어가보는 출발 대기실은 예상대로 엄숙했다. 한 명뿐인 대기실 직원은 가면을 쓰고 있는 듯 무표정했다. 웃는 표정도, 찡그린 표정도 아니었다. 말할 때도 입조차 움직이지 않는 것 같았다. 직원은 내게 추적용 내비게이션과 추격하는 데 필요한 경비 사용을 위한 회사 법인카드, 그리고 격투 시 몸을 보호하는 프로텍터를 지급했다. 그리고 선(線)을 볼 수 있는 특수 안경도 지급했다. 나는 내비게이션 작동 여부를 확인하고, 프로텍터를 입었다. 교육 때 입었던 것보다 훨씬 착용감이 좋았다. 안경도 아주 가볍고 편했다. 직원이 내 상태를 확인한 후, 최종 출발을 승인했다. 그리고 끝으로 선을 흡수하는 기계를 줬다. 내 손에 흡수기를 쥐여주던 순간, 직원의 표정이 살짝 변했다. 웃지는 않았지만, 눈빛으로 뭔가를 말하는 듯했다. 난 나름 이렇게 해석했다. 잘 다녀와! 혹은 파이팅!

　드디어 출발.

　내비게이션은 내가 잡아야 할 선의 정보를 제공했다. 선의 위치뿐 아니라, 선의 태동을 동영상으로 볼 수 있었다. 난 일단 내가 처리해야 할 선이 어디서 어떻게 태어났는지 봤다. 선은 바다에서 태어났다. 바다를 가르며, 마치 바다에서 올라온 것처럼 선들이 물속에서 나왔다. 그리고 물 위로 올라온 선들은 사방팔방으로 퍼져나갔다. 몇몇은 멀리 가지 못하고 사라져버렸다. 그중 강력한 힘을 지닌 선만이 지상까지 날아왔다. 내가 잡아야 할 놈이었다. 선은 이미 뭍으로 올라와 몇몇의 희생자를 만들었다고 했다. 늘 그랬듯이 이유는 없었다. 어디선가 생겨난 선들은 홀로 혹은 집단으로 돌아다니며, 많은 사람을 죽이거나 다치게 했다.

　회사에서 하는 일은 그 선을 제거하는 일이었다. 이른바 악의 광선을 처단하는 일이 우리가 맡은 바였다. 아직 전 인류가 이 선의 존재를 알고 있는 것은 아니다. 다행인지 불행인지 가늠하긴 힘들지만, 어찌 되었든 선의 존재와 제거는 철저히 기밀이다. 그것은 우리도, 미국도, 유럽도, 일본도, 러시아도, 심지어 북한도 마찬가지이다. 어느 정부든 국민들에게 공포심을 심어주고 싶지 않아 하는 까닭에 그들은 암묵적 합의를 통해, 비밀스럽게 이 선들의 정보를 공유하고, 제거하고, 연구해왔다. 그리고 선들에 의해 제거된 유명 인사들의 죽음을 그저 '의문사'라고 발표했다. 우리 회사는 물론이고, 선과 관련된 다른 회사들도 선의 출처를 밝히려 했지만, 쉽지 않았다. 선들은 그저 갑자기 어디선가 나타났다. 그리고 마구 돌아다니며, 사람들을 처단했다. 처단의 대상도 정해져 있지 않았다. 광선인 만큼 엄청 빠르고, 잡기가 쉽지 않았다. 이 악의 광선들은 어쩔 땐 계획한 듯이 중요한 사람들을 제거했지만, 어쩔 때는 선량한, 불특정 다수를 없애기도 했다. 그래서 각국의 조직은 선의 출처와 동시에 선의 제거에 힘썼다. 빛처럼 빠른 광선을 잡기 위해, 내비게이션, 프로텍터, 흡수기가 개발되었다.

내비게이션에 의하면, 지난달에 동해에서 최초로 발견되었던 선들은 그 인근에 출몰하다 대부분 바다로 다시 사라져버렸고, 한 선만이 지상으로 올라왔다고 했다. 그 선은 한동안 아무 활동도 하지 않은 채 잠잠하다가, 점점 서쪽으로, 즉 서울 쪽으로 오고 있다고 표시되었다. 춘천을 지나 동쪽으로 오고 있던 선은 이미 정동진에서 어린 관광객 한 명에게 큰 부상을 입혔고, 춘천에서는 유치원에 들어가 아이 하나를 갈기갈기 찢어놓았다. 아니, 잘라놓았다. 어린 관광객은 부모가 보는 앞에서 머리에 큰 구멍이 났고, 춘천의 아이는 감자칩처럼 잘게 토막이 났다. 마치 광선검에 당한 것처럼 깔끔하게 잘린 모습이었다. 희생당한 아이들의 신원을 내비게이션으로 확인할 수 있었지만, 그건 나중 일이었다. 난 배운 대로, 흥분하지 않고 선의 움직임을 예상했다. 선은 강촌으로 움직이는 것 같았다. 선의 사고(思考) 능력에 대해 이론이 분분하지만, 난 그 악의 광선이 분명히 어떤 의도나 목적으로 움직인다고 믿고 있었다. 악은 후천적이며 인위적인 것이라고 믿었기 때문이다. 그렇기에 문명이 발달할수록 악은 더 악해진다고 믿었다.

회사 주차장에 세워진 추적용 차를 타고 출발했다. 회사에서 강촌으로 가는 길은 멀지 않았다. 도로 양쪽은 계절을 잘 드러내고 있었다. 차가 너무 없거나 너무 많았다면 지루하기 딱 좋은 길이었다. 경춘로를 달리며 선의 이동을 짬짬이 확인했다. 동선으로 볼 때, 선은 분명히 강촌 인근의 민박촌으로 향하는 것 같았다. 선은 제 속도를 내고 있지 않았다. 하지만 움직임으로 볼 때, 충분히 이동 경로를 알 수 있었다.

선은 예상대로 강촌의 민박촌에서 부유하고 있었다. 도착했지만, 선은 별다른 동요를 하지 않았다. 해가 서서히 저물었고, 바람도 살랑살랑 기분 좋을 만큼 불었다. 선이 맴도는 주위로 달렸다. 선 근처에 차를 세우고, 내비게이션으로 선의 이동을 예의 주시했다. 흡수기의 스위치를 올리고, 특수 안경을 쓰고 기회를 살폈다. 가슴이 쿵쾅거렸다. 일을 한다는 기쁨과 인류에게 공헌하고 있다는 사명감 그리고 전장에 나온 듯 흥분이 공존했다.

낮은 포복으로 내비게이션을 보며, 선 쪽으로 서서히 움직였다. 선에 가까이 접근하자, 내비게이션은 필요 없었다. 특수 안경으로 선의 움직임을 볼 수 있었다. 선은 부드럽게 동선을 그리며 공중을 떠다녔다. 흡수기로 빨아들이기엔 다소 먼 거리였다. 선이 생각한다는 확신이 있었기 때문에, 나의 모습을 노출시키면 안 될 것 같았다. 선은 때론 빠르게, 때론 느리게 하늘을 날았다. 그런데 실제로 본 선은 악과는 거리가 멀어 보였다. 살아 있는 것 같았고, 미(美)와 추(醜)로 구분하자면, 미에 가깝게 느껴졌다. 분명히 무언가를 표현하고 있는 것 같았다. 누군가가 봐주기를 바라는 것 같았다. 반복적이고 규칙적으로 움직이는 모습이 어떤 신호 같았다. 선은 숫자 '8'을 눕힌 것처럼 회전하다가, 3미터 정도 위아래로 움직이다가 알파벳 'W'를 그리며, 좌우로 왕복운동을 반복했다. 안경을 쓰고 선을 계속 지켜보려니, 눈이 아팠다. 해독해보려 했지만, 처음 보는 외국어처럼 이해할 길이 없었다. 하지만 규칙이 있음은 분명했다. 선은 스피드를 조절하며, 자신의 감정을 표현하는 것 같았다. 그저 보고 있자니, 왠지 모를 구슬픔이 전해졌다. 춤사위로 감정을 전달하는 무희처럼 선의 움직임은 무언가를 말하고 있었다. 표정 없는 선의 언어를 난 이해할 수 없었다. 한참을 공중에서 날아다니던 선이 순간 미동도 하지 않았다. 선이 멈추자 하늘도 멈춘 듯했고, 바람도, 심지어는 소리도 멈춘 듯했다. 나도 숨을 멈췄다. 시간말고는 아무것도 움직이지 않았다. 참던 숨이 입 밖으로 터져 나올 때쯤, 선이 움직였다. 아이들 소리가 나는 쪽이었다. 순간, 늦었다는 생각이 머리를 스쳤다. 선을 따라가려 했지만, 내 시선보다 훨씬 빠르게 움직였다. 선은 순식간에 아이들이 모여 있던 방으로 들어갔다. 선이 열린 창으로 침투했다. 난 흡수기를 들고 뛰었다. 방문을 여는 순간, 난 후회했다. 무엇에 대한 후회인지 정확히 알 순 없었지만, 후회의 크기만큼은 그 어느 때보다 컸다.

아이들은 토막 나 있었다. 교사로 보이는 여인 몇 명도 토막 나 있었다. 어떤 아이는 웃는 얼굴로 잘려 있었고, 어떤 아이는 장난기 가득한 표정으로 동강 나 있었다. 어떤 아이의 다리는 김밥처럼 일정한 두께로 잘려 있었고, 몸통 가운데 동그란 구멍이 난 아이도 보였다. 어디에 눈을 둬야 할지 모를 정도로 방 안은 난장판이었다. 하지만 피범벅이거나, 더럽진 않았다. 그냥 정교한 칼로 조각나 있는 느낌이었다.

선을 찾아 방 안을 둘러보았다. 천장이 그다지 높지 않은 건물이라 발견만 한다면, 흡수기로 흡수해버릴 수 있을 것 같았다. 선은 천장에 붙어 있었다. 특수 안경을 착용했음에도 눈에 잘 들어오지 않았다. 선은 천장에 붙어 교활한 웃음을 짓고 있었다. 흡수기를 들이대려 하자, 선은 다시 천천히 움직이기 시작했다. 또다시 무언가를 전하려는 듯, 일정한 패턴으로, 눈앞에서 정신없이 춤을 췄다. 때론 비보이들처럼 정신없이 빠르게, 때론 승무를 추듯 우아하고 부드럽게, 춤을 추던 선은 갑자기 내게로 날아왔다. 나는 눈을 질끈 감아버렸다. 날 지켜준 것은 프로텍터였다. 날아든 선을 보고 놀라, 순간적으로 흡수기의 버튼을 눌렀다. 선은 순식간에 흡수기 안으로 빨려들어갔다. 발버둥 칠 틈도 없이 기계 안으로 흡수되었다. 임무 완수와 동시에 회사에서 연락이 왔다. 복귀 명령이었다.

다시 차를 탔다. 그리고 서울로 차를 몰았다. 반대 차선에서 경찰차와 구급차가 요란한 소리를 내며 민박촌으로 달려갔다. 잘린 아이들과 메시지를 전하던 선이 계속해서 눈앞에 아른거렸다. 그렇게 첫 임무를 완수한 날이 저물었다. 많은 사람이 죽었지만, 그 죽음의 원인을 제거했지만, 계절은 그대로였다. 도로 양옆으로 충분히 계절을 느낄 만한 풍경이 지나갔다.

봄이었다.

첫 임무를 완수했다는 벅참은 그리 오래가지 않았다. 회사를 향해 전속력으로 달렸다. 하지만 아직도 그때 내가 왜 전속력을 냈는지 모르겠다. 새로운 임무를 위해서였는지, 무언가를 피하기 위한 도주였는지.

봄이었다.

귀뚜라미 보일러가 온다

✱ 기호에 따라 백가흠 소설가의 《귀뚜라미가 온다》, 《조대리의 트렁크》, 《힌트는 도련님》 등을 곁들여 읽으셔도 재미있습니다.

1. or 미스터 정

광어는 오자마자 회 쳐지는 놈도 있지만, 물을 다시 갈아줄 때까지 오줌만 싸고 잡히지 않는 놈도 있다. 아니, 한 번도 수족관이 텅 빈 적이 없으니 오줌 싸고 줄곧 운 좋게 살아온 놈이 분명 있을지도 모른다.

나는 광어회를 뜬다.

시뻘건 고무장갑을 낀 다음, 공들여 숫돌에 칼을 쓱싹쓱싹 갈고, 뜰채를 들고 수족관 안을 스윽 들여다본다.

광어회를 뜨려면 칼이 제일 중요하다고들 하는데, 다 헛소리다. 칼보다는 역시 손이 중요하다. 그래서 '회는 역시 손맛'이라는 말도 있지 않나. 모든 것은 바로 손이 하는 것이다. 칼은 그저 옆에서 조용히 거들 뿐. 살을 바를 때 손의 느낌, 바로 그 손맛이 중요하다. 가시, 그놈들의 뼈 위에 은근슬쩍 살을 남겨놓아야 하기 때문에. 살을 슬쩍, 그리고 은근히 남겨놓아야 한다. 그러면 그놈들 대부분이 자기가 회쳐지는지도 모르게 된다. 삶의 희망을 안고 죽는 것. 그것들의 살만 제대로 발라낸다면 말이다. 놈들은 죽는 줄도 모른다. 그 느낌, 살만 들춰내는 손놀림, 바로 그것이 중요하다. 광어회를 뜨려면 손도 중요하고 칼도 있어야 하지만, 고무장갑이 꼭 필요하다. 꿈틀대는 십이지장을 벗어나지 못하게, 떨어지는 살점이 손에서 미끄러지지 않게 잡아야 하기 때문이다.

한 손에는 뜰채를 들고 다른 손으로는 수족관의 물을 휘휘 저어본다. 곧 물을 갈아야 할 것 같다. 물은 쉽게 썩지 않지만, 때때로 물고기들의 대변, 소변, 토사물 등 때문에 문제가 생기기도 한다. 어류에 따라 성질이 제각각이듯 대변, 소변, 토사물도 제각각이다. 성질이 사납고 활동적인 놈들이 배설물 냄새도 제일 지독하고 더럽다.

물 위로 등이 검푸른 광어들이 떠오른다. 스멀스멀.

2.

— 거기서 뭐 혀어?

삼촌이 미스터 정을 부른다. 미스터 정이 광어회를 뜬다고 하자, 삼촌이 한마디 던진다.

— 뭐여? 미스타 저엉, 여기 온 지가 3년이 늠었잖여. 근디 아적까정 광어랑 전어도 구분 못 하는 겨? 답답하구머언. 답답혀어. 수족관에 있는 놈들 다 전어여, 저언어어. 모올러? 죽어서 둥둥 떠 있는디, 무슨 회를 뜬다고 하는 겨. 아휴, 속 터져어. 그거 귀 묵으야 혀.

삼촌의 핀잔에 미스터 정이 풀 죽어 방 안으로 들어온다. 철 지난 전어들이 몇몇은 죽은 채로, 몇몇은 곧 죽을 듯이 수족관 안에서 버티고 있다. 자신과 미스터 정처럼 크기와 생김이 전혀 다른 광어와 전어를 구별 못 하는 미스터 정을 보며 삼촌은 긴 한숨을 내뱉는다. 멋쩍어진 미스터 정은 방으로 들어와 옷을 홀랑 벗고 벌러덩 눕는다. 방은 꽤 쌀쌀하다. 물 위로 떠오른 전어들이 은백색 배를 보인다.

삼촌은 서른일곱, 미스터 정은 스물셋이다. 그것은 사실이다. 사실 그 둘(!) 사이엔 감출 것이 없다. 삼촌은 섬에 들어오기 전, 뭍에서 주방장으로 일했다. 횟집이었다. 그가 일하던 횟집의 사장은 같은 건물에서 게이 바(gay bar)도 운영했다. 미스터 정은 그곳, 게이 바 '브라이언'에서 일했다. 둘은 운명처럼 거기서 만났다. 미스터 정이 그곳에서 일한 지 꼭 두 달만의 일이었다. 삼촌은 미스터 정이 자주 부르던 '비겁하다 욕하지 마' 어쩌고 하는 〈내 생에 봄날은 간다〉라는 노래를 참 좋아했다. 그리고 실제로 '비겁해지기 싫어서', '욕 먹기도 싫어서' 일하던 횟집을 때려치우고 미스터 정과 섬으로 들어왔다. 그게 3년 전 일이다. 미스터 정은 아직 스무 살이었다.

삼촌이 방바닥에 누워 있는 미스터 정을 멍하니 쳐다본다. 미스터 정은 광어 따위는 진작 잊고, 어느새 텔레비전을 보며 키득키득 웃고 있다. 삼촌도 팬티를 홀라당 벗고, 미스터 정 옆에 눕는다.

남자가 남자의 살을 더듬는다.

삼촌은 왼손으로 미스터 정의 허리에서 골반으로 이어지는 살을 천천히 쓸어내린다. 그러다 똥꼬 주변을 자극한다. 미스터 정은 똥꼬에 힘을 준다. 자신의 반응이 재빠르다고 생각하는 모양이다.

—그냥 쑤시면 겁나게 아퍼유. 아시쥬? 로숀이라도 바르

고 들어오슈.

삼촌이 미스터 정의 목 뒤로 얼굴을 묻으며 비실비실 웃는다. 이번에는 손 대신 혀로 몸의 여기저기를 헤집는다. 여기저기 침이 질질 흐른다. 애무라고 하기엔 삼촌의 혀가 너무 지저분하다.

— 침 말고, 로숀 발러달라구유. 로숀 몰러유? 냄새나유.

미스터 정이 말하자, 삼촌은 거시기를 긁적인다. 그때, 미스터 정이 손을 뒤로 돌려 삼촌의 거시기를 꽉 움켜쥔다. 삼촌의 가운뎃손가락은 진작 미스터 정의 똥꼬 속으로 들어가 보이지 않는다.

— 갠차너!

삼촌은 진심으로 괜찮다는 표정을 지으며 하던 일을 계속한다.

— 아아, 아퍼유! 로숀이유우!

말은 그렇게 하면서 미스터 정은 자연스럽게 무릎을 꿇고 엎드린다. 두 남자의 섹스는 주로 미스터 정이 엎드리고 삼촌이 뒤에서 서는 후배위로 이뤄진다. 삼촌이 무릎을 꿇고 미스터 정의 엉덩이 앞에 선다. 그리고 돌진 혹은 도킹. 그러자마자,

— 아이구, 내 똥구녀억! 구녀억!

환희횟집에서 터진 미스터 정의 고함이 도련님분식으로 전해진다. 환희횟집의 삼촌이 막 미스터 정의 똥꼬 깊숙이 삽입을 했을 때, 도련님분식의 노모는 가지런히 쪽찐 머리가 일순 개차반이 되도록 거세게 아들의 귀싸대기를 날렸다. 아들은 방구석에 처박혔다. 천장으로 넘어온 미스터 정의 목소리엔 이제 고함 대신 희열이 실려 있다. 신음으로 변한 고함. 환희횟집의 두 남자는 신음이 새어 나가지 못하게 엎드려서 서로의 입에 주먹을 넣고 있다. 도련님분식에서 노모에게 얻어터지고 있는 헌트도 비슷하다. 손으로 입을 막지는 않았지만, 앞니를 단단히 문다. 하지만 부정교합이라 거친 숨소리가 이 사이로 삐져나온다. 씩씩씩. 두 집 남자들이 소리를 막는 이유는 서로에게 들키지 않기 위해서가 아니다. 혹시라도 들을지 모를 이 집 밖의 이웃들 때문이다.

하지만, 그 순간 집 밖에는 이미 많은 사람이 그들의 신음을 들으며 낄낄대고 있다. 삼촌, 미스터 정, 노모, 헌트, 이 네 사람만 모른 채 조대리(里)의 모든 주민이 웃고 있다. 벽과 창에 귀를 대고 있는 사람들. 낄낄낄, 끽끽끽. 그들 중엔 꽤 흥분한 자들도 있다.

도련님분식과 환희횟집은 원래 한집이다. 헌트의 노모가 잘나갈 때, 이 집을 샀다. 끝물이긴 했지만, 당시 노모는 꽤

유명한 배우였다. 뿐만 아니라 아마추어 복서로서도 명성이
대단했다. 한창때는 충청북도 도지사배 아마추어 복싱 대회
에서 우승까지 했다. 그 시절 잘나가던 아이돌 스타와 결혼
을 했는데(최초의 탈북자 출신 아이돌이었다), 두 사람은 아이를
낳지 못해 북한에서 온 여아와 미국에서 온 남아를 입양했
다(노모는 젊은 시절 왼쪽 난소에 문제가 생겨 자궁 적출 수술을 받
았고, 그것이 불임의 원인이라고 생각했다). 북한에서 온 여아의
이름은 혜숙, 미국에서 온 남아의 이름은 헌트. 넷이 식구로
함께 살 적에는 엄마, 아빠의 유명세 덕에 입양된 자식들도
유명인사 대우를 받았다. 혜숙은 출신 때문에 남북 화합의
마스코트라 불렸고, 헌트는 이국적이고 귀족적인 외모 덕분
에 도련님으로 통했다. 그렇다. 그 시절, '헌트는 도련님'이
었다.

그리고 그때는 다들, 뭐든 왠지 잘될 거라 믿었다.

그런데 딸아이 혜숙이 일곱 살이 되던 날, 북한 출신 두
사람, 그러니까 남편과 어린 딸이 감쪽같이 사라져버렸다.
그래서 두 사람만 남게 되었다. 노모 그리고 헌트. 어떤 이
들은 국가 정체성(national identity)의 혼란으로 부녀가 다
시 월북했다고 수군거렸고, 다른 이들은 자신의 성 정체성
(gender identity)을 찾은 남편이 어쩔 수 없이 이별을 택했다

고 했다. 결국 사람들은 더 흥미롭게 포장된 후자를 믿기 시작했다. 그렇게 소문은 단련되었다. 그래서 남은 노모와 헌트도 어디론가 떠나야만 했다.

그 후로 도련님 헌트와 복서 배우 노모는 사람들 기억 속에서 서서히 지워졌다. 섬으로 들어오기 전 권투를 했던 노모는 극진가라데, 택견 등을 배워 이종격투기 선수로 전향해 제2의 전성기를 누릴 뻔했는데 프로모터가 사기를 치는 바람에 전 재산을 날리고 말았다. 결국, 연예인 시절 친하게 지냈던 홍 씨의 주선으로 작은 섬에 가게 하나를 얻게 된다. 그것이 바로 지금의 도련님분식. 그때가 바로 노모의 배우 끝물 시절.

노모는 섬에 들어와 자신의 삶을 차분히 정리하고 새 출발을 할 생각이었다. 의지와 상관없이 삶의 매트에서 자꾸 넘어지는 자신의 모습을, 프로보다 더 혹독하게 훈련했던 운동하던 시절을, 포기하지 않고 재기할 수 있다는 새로운 다짐을 글로 써 책으로 묶을 마음도 있었다. 항간에는 노모의 책이 '사랑의 측방낙법'이라는 제목으로 출간될 것이라는 소문이 돌기도 했다. 하지만 그 소문은 이상하게도 단련되지 않고, 소멸됐다.

그렇게 전 재산을 날리고 남편에게 버려지고 직업도 날린 노모는 오늘도 아들 헌트에게 주먹을 날린다. 요즘은 보일러 때문이다. 날은 추운데, 주문한 보일러가 오지 않는다고. 자기는 찬 바닥이 진짜 싫다며. 추워서 어쩔 수 없이 오늘도 술을 마셨다며. 추위와 분노, 취기가 담긴 주먹이 허공을 가른다. 헌트는 눈치 빠르게 허공을 가르는 주먹을 보며 실제로 맞은 것처럼 아파한다. 소리는 내지 않지만 헌트의 모션은 영화배우 못지않다. 하지만 배우 출신인 노모가 모를 리 없다. 헌트가 노모의 주먹을 피해 벽과 장롱 사이 넓은 틈으로 기어들어가려 한다. 비정상적으로 뚱뚱한 사람도 거뜬히 들어갈 수 있는 드넓은 공간이다. 틈이라는 말이 무색할 정도로. 노모가 따라 들어가 헌트를 끌고 나온다. 끌려 나온 헌트는 바닥에 붙어 눈치를 살핀다. 그는 '암바(arm bar)'만은 제발 하지 말아달라고 애원한다. 노모는 순식간에 아들의 다리를 붙잡는다. 그리고 팔과 다리로 상대의 다리를 단단히 고정시킨다. 헌트의 다리가 '바(bar)' 형태로 쭉 펴진다. 노모가 허리에 힘을 준다. 헌트의 다리가 비틀린다. 반응이 없다. 오랜 단련(?) 끝에 감각이 무뎌진 다리는 고통에 즉각 반응하지 못한다. 노모가 몸을 옆으로 굴리며 다시 한번 허리에 힘을 주자, 헌트가 비명을 토한다. 다리가 완전히 뒤틀린다. 살려줘유, 라고 외쳐보지만 다른 음절들은 고통 속에 파묻히고, 오직 '유'밖에 들리지 않는다. 온리 유! 유! 유! 헌트의 고통 섞인 고함에 노모는 오금이 저리는 짜릿함을 느낀다. 노모의 카타르시스. 희미한 숨소리와 커진 동공이 방 안을 그득 메운다. 옆방에서 할딱이는 두 남자의 살 소리가 벽을 타고 천장으로 넘실댄다. 퍽. 퍽. 퍽. 두 집의 소리가 한데 기묘하게 섞인다. 어우러진다. 퍽유퍽유퍽유. 헌트는 손바닥으로 방바닥을 쾅쾅 친다. 항복이유! 항보옥! 노모가 힘을 뺀다. 다리가 몹시 저리지만, 헌트는 그 순간, 다행이라 생각한다. 팔을 다치지 않은 것이. 정말 다행이다. 헌트에게 다리는 없어도 되지만, 팔은 목숨과도 같다. 팔이 없으면 아무것도 쓸 수 없을 테니.

3. or 헌트

— 오눌은 보일라가 들어오는 겨? 말혀봐! 말혀! 마를 혀부아!

혀가 심히 꼬여 있다. 엄마는 더 이상 공격도, 말도 잇지 못한다. 그것이 끝이다. 항복을 받은 엄마가 마지막 질문을 던지면 상황 종료다. 동공을 보면 알 수 있다. 엄마는 요즘 보일러에 대해 자주 묻는다. 날이 꽤 추워진 탓이다. 오기로 한 보일러가 며칠째 오지 않고 있다. 대개는 밤새도록 꼬박 두들겨 패고 난 다음 마지막으로 묻는다. 어쩌면 보일러가 들어오지 않아 그토록 날이 새도록 패는지도 모르겠다. 덜 맞은 날이면 엄마의 말을 받아줄 만했지만 밤새 실컷 얻어 터진 후라면 말이 다르다. 새벽이 되면 보일러의 '보' 자도 듣기 싫어진다. 그럼, 나도 나름 이쑤시개 같은 한마디로 쑤셔보곤 한다.

― 내도 몰러유! 모른다그유!

내가 구구절절 이유를 더 붙이기도 전, 때리다 지친 엄마는 이불을 덮고 잔다. 무척 춥다고 항의라도 하듯이 이불을 돌돌돌 말고 눈을 감는다.

엄마가 잠든 것을 확인한 뒤, 비로소 나는 책상에 앉는다. 마감이 일주일이나 남았는데, (늘 그렇듯) 벌써 거의 다 썼다. 지난 호, 지지난 호에도 내 원고를 거절했던 잡지지만 물러서지 않는다. 또다시 도전. 다시 쓰기는 두렵지 않다. 이제 깔끔하게 마무리할 시간이다. 두 팔이 노트북 위에서 춤을 춘다. 암바 공격을 하지 않은 엄마에게 감사를. 부러진 팔로 소설을 쓴다는 것, 상상만으로도 끔찍하다.

벌써 열흘도 더 되얏는디, 보일라는 왜 안 들어오는 겨? 전화는 해본 겨?

환청이 들린다. 분명히 성난 엄마는 고요히 자고 있는데. 엄마가 자고 있음을 재차 확인하고 다시 노트북 위에 두 팔을 올린다. 그 위에서 두 팔이 다시 춤을 추기 시작한다. 따다닥, 따다다닥.

단편 작업을 시작하기 한 달 전부터 누군가의 작품을 패러디할 거라는 사실을 나는 알고 있었다. 이런 소설이 발표되기가 힘들 거란 사실을 그전부터 명백히 짐작하고 있었다. 하지만 혹시 소설이 발표되고, 혹여 누군가가 "왜 패러디 소설만 자꾸 쓰세요?" 이렇게 묻는다면, 나는 멋쩍은 척하며 "결국, 세상의 모든 소설이 패러디 아닐까요?"라고 되물을 생각이다. 단편을 어서 끝내고, 이어서 장편을 쓸 생각이다. 엄마에 대해 써보는 것은 어떨까? 소설 속에서 엄마를 확 버려버리는 것도….

애초에 내게 소설이란 나만을 위한 즐거움, 현재의 나를 벗어난 멋진 쾌락.

진정한 메타포가 담긴 것들, 혹은 그런 척하는 것들, 예술가의 고통을 운운하는 단단한 것들, 또는 예술을 고통으로 느끼게 하는 것들을 비틀고, 부수고, 헝클고 싶었다. 그게 내

손으로 이뤄지길 바라며, 짜릿한 손맛과 함께 폼도 좀 잡으면서 멋있게 쓰고 싶었다. 어쩌면 그것이 이토록 폭력적인 삶에서 버틸 수 있는 유일한 방안이 아닐까? 아.니.면.말.고.

이제 나이도 제법 많다. 전업 작가가 될 수 있다는 뚜렷한 가능성이 보이는 것도 아니다. 집안 살림이 넉넉한 것도 아니다. 남은 시간 도련님분식에 처박혀 오뎅이나 주무르면서 생을 마감할 수도 있다. 계속 쓰기 위해선 소설은 철저히 작가 자신을 위한, 나를 위한 것이 되어야 한다. 우선 내 자신이 충만해야 한다.

소설이 부(富)를 가져다줄 수 없다. 그런 면에서 오뎅보다 못할지도. 오뎅보다 못한 소설, 그래도 쓰고 싶다.

— 보일라아.

엄마는 무의식의 잠결에서도 보일러를 찾는다. 진짜 추운지 이내 몸을 더욱 돌돌 만다. 나 역시 한기가 몸에 스며들어 전화기를 들고 일단 엄마 옆으로 기어들어간다. 1588-9000.

— 그기 귀뚜라기 보일라 맞쥬. 여기가유, 충청북도오 좃도인디유. 네, 조대리(里)유….

중국집도 아닌데, 귀뚜라미 보일러 고객 센터의 응답은 며칠째 똑같다. 이미 출발했습니다. 좀 더 구체적으로 물으면 그제야 이렇게 말했다. 본사에서 확인한 결과 제품은 이미 발송되었습니다, 도서, 산간 지역의 경우 배송이 늦어질 수가 있습니다, 그 점 양해해주시면 감사하겠습니다, 더 자세한 내용은 영업시간인 오전 9시부터 오후 6시 사이에 다시 전화해주시면 상담원이 친절하게 알려드리겠습니다, 현재 콜센터에서는 전산으로 확인 가능한 사항 및 긴급 고장, 보일러 분실 사고만 접수받고 있습니다, 감사합니다, 귀뚜라미 보일러는 네 번 탑니다.

4.

노모가 때리다 지쳐 잠들면 헌트는 소설을 썼다. 패러디를 표방한 단편을 마무리하고, 장편을 생각하다 잠이 들었다. 그리고 짧은 꿈을 꿨다. 엄마가 사라져버리는 꿈. 그것은 길몽과 악몽의 묘한 경계에 놓여 있었다. 짧지만 긴 꿈이었다.

하늘에 미명이 돌기도 전에 헌트는 일어나서 가게를 정리한다. 분식점이라곤 하지만 함께 쓰는 방을 빼면 16.528926제곱미터(구 5평) 남짓하다. 이른 새벽, 도련님 헌트는 집필로 어지러워진 책상을 말끔하게 정리하고, 도련님분식도 깔끔하게 치운다. 청소를 마치고 의자 하나를 가게 밖에 내다 놓고 그 위에 쪼그려 앉는다. 바람이 제법 차다. 그는 자신의 호주머니에서 막대사탕 하나를 꺼내 문다. 사탕을 쪽쪽 빤다. 입안에 휘돌아 퍼지는 사탕의 달콤함과 서둘러 귀항하는 배가 담고 있는 바다의 향, 배 위에 보이는 선원들의 땀내가 바닷바람을 타고 육지로 들어온다. 향과 땀내가 사탕의 맛과 뒤섞여 헌트의 목과 코로 넘어간다. 그는 중얼거려본다. 배가 보일라 싣고 오는가 벼? 배 위에 보일라공들이여? 엄니가 기다리시는 보일라 들어오면, 나도 엄니에 대한 소설을 써야지. 보일러에서 출발했던 생각이 소설로 돌아온다. 이젠 더 빨 것도 없는 막대사탕을 물고 있다. 삼촌이 환희횟집에서 나온다. 헌트는 멍하니 바다만 보다가 삼촌에게 고개를 돌린다. 삼촌은 헌트를 보고 애써 웃는 척한다. 썩소다. 헌트가 웃음의 뜻을 읽기도 전에 썩소가 바닷바람을 타고 섬 전역으로 퍼져나간다.

환희횟집과 도련님분식이 있는 좆도는 충청북도의 유일한 섬이다. 좆도는 본디 무인도였다. 좆도는 서울 이태원의 홍 씨 개인 섬이다. 하마터면 좆도에는 무덤밖에 없을 뻔했다. 연예인이자 식당 경영인인 홍 씨는 섬을 통째로 사서 선산으로 쓰려고 했다. 수리남(Republic of Suriname) 음식점 경영으로 부를 축적한 동성애자 홍 씨는 사회 편견 때문에 자신의 일가가 죽은 뒤에 묻힐 곳도 마땅치 않다고 생각해서 좆도를 샀다고 한다.

좆도는 비데(Bidet)만 입구에 있다. 비데만의 양쪽 육지 끝을 잇는 다리가 몇 해 전에 세워졌다. 비데만은 만의 모양이 변기에서 비데 물줄기가 나오는 모습과 비스무리해서 붙여진 이름이다. 비데만을 가로지르는 다리 한가운데 좆도가 있다. 좆도에 비역교의 교각 세 개가 세워지자 관광 개발이 시작됐다. 교각을 세우는 조건으로 개발 허가가 떨어졌다는 소문이다. 그때부터 죽은 자들을 위한 섬이었던 좆도에 산 사람들이 관심을 갖기 시작했다. 사실 좆도는 이름처럼 아름답지 않다. 그저 홍 씨의 섬으로 유명했을 뿐. 그래서 좆도는 동성애자들을 위한 섬으로 알려져 있다. 육지의 동성애자들이 그 말을 진짜 믿었는지 열심히 좆도로 애인들을 데리고 들어왔다. 하지만 섬 주인인 홍 씨는 물론이고, 그 누구도 섬과 동성애의 관계에 대해 시원하게 밝힌 바는 없다. 그러나 동성애자가 운영하는 환희횟집을 비롯한 여섯 개의 횟집이 생겼고, 숙박 시설인 웰컴모텔도 들어섰다. 그 무렵, 유명세를 다한 힌트의 노모도 섬으로 들어와 분식집을 열었다. 좆도 사람들은 꾸준히 찾는 동성애 관광객들 덕분에 먹고살 수는 있었지만, 그 외 사람들(이성애자들과 불감증 환자들)은 왕래를 꺼리는 곳이다. 그래서 좆도는 택배, 우편, 가전 서비스의 사각지대로 유명하다.

환희횟집의 삼촌이 헌트와 마주한다. 헌트의 몸이 삼촌 앞에서 더욱 왜소해 보인다. 헌트는 성인이 되었지만, 아이 같다. 한국에서 살기 위해 머리칼을 검정색으로 염색했지만, 서양인 특유의 웨이브가 남아 있다. 대충 기른 머리칼은 어깨까지 자연스럽고도 멋스럽게 늘어져 있다. 긴 웨이브 덕에 작은 얼굴이 더 작아 보인다. 도련님 시절의 미(美)가 아직 얼굴에 엿보인다. 작은 얼굴 안에 눈, 코, 입이 앙증맞고 가지런하게 자리 잡고 있다.

— 할매 어제도 한잔한 겨?

헌트는 멋쩍게 웃으며 고개를 숙인다. 삼촌의 눈에는 헌트의 수줍음이 꽤 귀여워 보인다.

— 삼촌, 멸치국이라도 좀 *끄려줄라구유*. 멸치 한 마리 있슈?

백인이 또박또박 내뱉는 충청도 사투리가 귀여움을 더한다. 삼촌은 거시기를 긁적인다. 두 사람의 대화가 정겹고, 분위기는 구수하다. 미스터 정이 환희횟집에서 나온다. 짧은 스포츠머리인데, 머리 중앙이 텅 비어 있다. 하얀 면티에는 작은 고추장 덩어리가 붙어 있고, 빨간 추리닝 바지, 양손에 낀 시뻘건 고무장갑까지 깔맞춤한 것 같다. 수술한 쌍꺼풀이 풀려 어색한 눈꼬리는 귓불 있는 곳까지 축 처져 있다. 브라이언의 주인이 다시 와도 알아보지 못할 지경이다. 누가 봐도 전직 게이 바 에이스였다고 믿을 수 없는 인상이다. 미스터 정의 등장과 동시에 헌트는 도련님분식으로 들어가 버린다. 삼촌은 환희횟집으로 들어간다. 그 광경을 본 미스터 정의 입술이 비죽이 앞으로 솟는다. 그는 무언가를 참지 못한 듯 도련님분식집 문을 연다. 드르륵.

― 헌트 브라(bro), 저 좀 봐유!

제법 미스터 정의 목소리가 날카롭다. 헌트는 조금 놀란 듯 눈을 둥그렇게 뜨고 미스터 정을 쳐다본다. 정이 쏘아붙인다.

― 브라, 유(you) 한국말 여직까지 몰라유?

여전히 가늘고 차가운 목소리. 헌트는 말없이 고개를 좌우로 흔든다. 느릿느릿.

― 브라, 진짜 이게 뭐유? 왜 시상에 하나밖에 없는 우리 삼촌헌티 허구헌 날 꼬리를 치는 거유? 지가 게이라서 우스

워유? 미쿡에서 왔다고 그러는 거유? 미쿡은 게이들의 권리를 더 인정해주는 곳 아니었나유? 말혀줘유. 텔미 와이유!

헌트가 머리를 모로 꺾으며 바다를 바라본다. 고요하다. 말을 참는 것인지 입을 다물어버린다. 솟은 앞니 때문에 헌트의 입술은 꼭 다물어지지 않는다. 숨소리가 새어나온다. 씩씩씩.

—지금 화났슈? 씩씩거리게. 껀투 선수 아들이라 이거유? 해보겠다는 거유? 진짜 미쿡 사람들 고렇게 약속 안 지키는 거유?

미스터 정은 쉬지 않고 천천히 할 말을 또박또박 한다. 그의 눈이 파르르 떨린다. 헌트는 말이 없다. 그때, 환희횟집에서 소리가 난다. 삼촌이 멸치 한 마리를 들고 헌트를 찾는다. 미스터 정은 눈을 흘기며 도련님분식을 나간다.

5. or 삼촌

나는 사실 고민스럽다. 당신이 의심하니 말이다.

그날부터 난 변함이 없는데, 당신은 아직도 의심이다. 또다시 의심.

'배현수비뇨기과'의 문을 밀고 들어간 그날, 난 그날부터 변함없어.

기억나네. 병원에 간호사 두 명이 있었는데, 그중 하나가 환자의 이름을 내게 물었어. 누굴 찾아왔느냐고. 그런데 이상하게 당신의 이름이 떠오르지 않았어. 난 당황했지. 누군가가 질문을 하면 거시기를 긁적이는 버릇이 있잖아. 상대는 아마 내가 성병에 걸려서 그랬다고 짐작했을 거야. 비뇨기과였으니까. 간신히 성만 생각해냈어. 미스터 정. 남자 간호사가 나를 데리고 회복실로 갔지. 당신의 엉덩이가 《놀부전》에 나오는 보물이 가득 든 박처럼 둥글고 컸어. 회복 중이라고 했어. 난 당신의 엉덩이 모양이 너무 우스워서 고개를 숙였지. 난 그 순간 결심했어. 당신뿐이라고. 그 엉덩이를 갖고 싶었어. 책임지고 싶었어.

나 때문에 당신 똥구멍이 제대로 찢어졌잖아. 그래서 병원에 가야겠다고 나한테 얼굴 붉히며 말했던 거 생각나? 정말 귀여웠는데. 당신은 내가 그렇게 세게 할 줄 진짜 몰랐다며 징징거렸어. 다음부턴 젤이나 로션을 꼭 챙겨달라고. 사실 나도 당신 똥구멍이 그렇게 좁을 줄 몰랐어. 그런데 당신은 아프지만 너무나도 황홀했다고 망설이지 않고 말했어. 내가 당신의 반쪽이었으면 좋겠다고. 난 사실 반쪽이 되긴 싫었어. 당신의 전부가 되고 싶었지. 반쪽이 아닌 한쪽. 나는 그때의 미묘한 감정 변화를 기억해. 뭍의 횟집을 떠나, 게이바를 떠나 어디론가 가야겠다고 생각했지. 방을 하나 얻어야겠다고 결심했어. 그리고 횟집 사장님과 의논했지. 게이바의 주인이기도 했잖아. 당신이 그곳, '브라이언'에 온 지 꼭 두 달만의 일이었어. 당신은 '캔'의 노래를 잘 불렀는데. 비겁하다 욕하지 마! 그래, 난 비겁해지기 싫었어.

그리고 당신 앞에서 당당해지기 위해 숨김없이 모든 것을 다 고백했지. 전에 만났던 애인까지 다 말해줬잖아. 그래, 루시 말이야. 지금은 웰컴모텔에서 일하는 루시. 솔직히 애인이라고 하기 조금 창피하지만. 어쩌면 다 털어놓은 게 내 실수였는지도 모르겠어. 난 당신에게 루시의 오묘한 표정까지 일일이 다 설명해줬잖아. 입을 반쯤 헤벌리고 있으면 두껍고 넓적한 입술 때문에 엄청 괴상해 보였다고 했을 때, 당신은 많이 웃었지. 아마 광어 같다고 했던 것 같아. 광어가 뭔지도 모르면서. 내가 체위까지 말해줬잖아. 루시랑 구강성교하는 것을 좋아했다고. 루시의 성기는 가짜긴 했지만, 여자의 것이니 거기에 내 몸의 일부를 넣긴 정말 싫었거든. 어쩜 그건 내가 루시를 진정으로 사랑하지 않았다는 증거일지도 몰라. 그런데 왜 하필 여자 인형이었냐고, 당신은 묻곤

했지. 이유는 하나야! 남자 인형을 구하기가 힘들었어. 남자 인형이 있다 해도 엉덩이에 구멍 뚫린 건 없을 거야. 알면서 왜 그래? 브라이언에서 당신을 만나기 전까지 난 한 번도 진짜 남자랑 사랑해본 적이 없어. 물론 여자랑도 없었지만.

인형까지 질투하는 당신.

난 당신을 사랑해. 특히 당신의 눈을 좋아해. 슬프지 않은 당신의 눈이 좋다. 화딱지가 난 당신의 눈은 퍽 깊게 느껴져. 피곤하면 진해지는 다크서클도 좋아. 판다 같은 당신의 눈. 가끔 파르르 떨리는 속눈썹도 매력적이고. 횟집을 3년이나 운영하면서 전어와 광어를 구별하지 못하는 당신의 눈썰미를 사랑해. 좆도에 들어온 순간, 당신은 내 생의 봄날은 갔다고 진지하게 말했지만, 난 아무 걱정이 없었어. 이곳에서 나의 진짜 봄날이 시작되었다고. 아무렴 걱정 없지. 함께 있는데, 무슨 걱정. 함께 있으면 그게 바로 봄날 아니야?

이 순간에도 당신의 알몸이 그리워져. 질투를 풍기며 씩씩거리면서 들어올 당신을 상상해. 그리고 당신의 시커먼 똥구멍 속으로 힘껏 바람을 불어 넣는 나를 또 상상해. 당신은 분명 한마디 하겠지.

— 미친 삼촌 새끼.

당신, 나를 가끔 '미친 삼촌 새끼'라고 부르잖아. 고마워.

'삼촌'이라는 호칭 빼지 않고 불러줘서. 나도 당신을 존중해. 당신이 물고기를 구별하는 눈은 없지만 사랑해. 생선들은 내가 구별할게.

그러니 나를 의심하지 마. 난 당신의 단점도 사랑하는 사람이잖아. 난 당신을 위해 살았고, 살고 있어. 웰컴모텔에 갖다 판 루시를 단 한 번도 그리워한 적이 없어. 당신 똥구멍 찢어졌을 때 수술비 80만 원 내가 냈잖아. 의료보험도 안 되더라. 그래도 좋아. 돈은 또 벌면 되잖아.

의심하지 마. 난 외국 남자들 싫어. 헌트는 그냥 도련님일 뿐이야. 헌트는 도련님, 당신은 내 사랑. 불쌍해서 멸치 한 마리 주려고 했던 것뿐이라고. 내가 헌트를 건들면, 당신보다 노모가 먼저 날 죽일 거야.

화내지 말고, 어서 들어와서 엎드려봐. 죽은 척 엎드리라구! 광어처럼 말이야. 전어처럼 성질부리지 말고. 도킹해야지. 도.킹.

나는 성기를 잡고 방으로 향한다. 거기 믿음이 있고, 사랑이 있다고 믿으며.

당신을 생각만 해도 벌써부터 좋아 죽겠다. 헤벌쭉 웃음이 쏟아져 나온다.

6.

미스터 정이 환희횟집의 문을 연다. 별일 없었다는 표정
이다. 삼촌은 미스터 정을 보고 웃는다.

좆도 앞바다는 온통 먹빛이다. 시커먼 파도가 구름을 뒤
덮을 것 같다. 바다가 손을 뻗으면 구름을 움켜쥘 것 같다.
쉬지 않고 남쪽에서 파도가 밀려온다. 비역교에서 좆도로
내려오는 사람은 아무도 없다. 바람이 세고, 날씨도 차다. 하
지만 한 척의 배가 보인다. 배는 파도를 무시한 채 천천히
섬으로 다가온다. 두 사람은 직감적으로 알고 있다. 그 배가
손님을 실은 배가 아니라는 사실을. 본능적으로 안다. 손님
이 더 이상 오지 않을 것임을.

일어난 지 얼마 되지 않은 삼촌과 미스터 정은 다시 눕는
다. 정오까지 두 번의 섹스를 한다. 한낮인데도 날이 어둑어
둑하다. 바람은 더욱 차가워지고 파도도 더 세게 철썩거린
다. 보일러 생각이 절로 난다.

도련님분식의 노모는 기어이 몸져누웠다. 이틀이나 잠도
제대로 못 자고 아들을 팬 탓에 천하의 노모도 기운이 다 빠
져버렸다. 눈은 움푹 꺼졌고, 광대뼈는 더욱 돌출되어 나오
고, 양 볼은 쏘옥 들어가 있다. 노모는 이 모든 것이 보일러

가 안 들어와서 그렇다고 투덜거렸다. 철썩철썩. 창밖에서는 파도가 철썩거리는 소리가, 옆방에서는 살들이 철썩거리는 소리가 들려왔다. 헌트는 속으로 중얼거린다. 오눌 중으로 꼬옥 온다고 했는디, 날씨 때메 그렸데유. 오눌은 와유, 와! 오아. 노모가 입을 달싹거리며 무언가를 중얼거린다. 헌트는 노모의 입 앞에 멸치 국물을 들이민다. 국물을 마신 뒤, 다소 정신을 차린 노모는 아들 헌트에게 소설에 대해 묻는다. 헌트는 자신의 소설은 결핍이나 불합리에서 출발한 것이 아니고, 충족이나 낭만에서 비롯된 것이니 걱정 말라고, 알아서 즐겁게 잘 쓰고 있다고 대답한다. 단편을 이미 마쳤고, 이제 장편소설을 쓸 생각이라고 덧붙인다. 어머니에 관한 소설을 쓸 생각이라고 말하려다 만다. 아들의 대답을 이해하지 못한 노모는 다른 질문을 던진다.

　― 너 전화 아직도 안 혔냐? 보일라 집에!

　헌트는 대답 대신 고개를 끄덕인다. 헌트는 전화를 이미 했다는 뜻으로 고개를 끄덕였지만, 노모는 그 반대로 이해한다. 노모는 춥다고 신경질을 부리면서 냉장고에서 막소주 세 병을 꺼내 와 벌컥벌컥 들이켠다. 헌트가 말려보지만, 노모의 힘을 이기지 못하고 앞으로 꼬꾸라진다. 술을 마시니 힘이 솟는 노모.

환희횟집의 미스터 정과 삼촌은 여전히 누워 있다. 격렬한 섹스가 끝난 뒤, 잠시 휴식 중. 혹은 지쳐서 섹스 일시 중지. 둘은 누워서 스마트폰을 보고 있다. 미스터 정이 돼지의 똥구멍에 폭탄을 던지는 게임을 하며 키득거린다.

— 꽤 춥네유. 인저 증말 보일라 좀 켜야겠슈.

그 말을 들은 삼촌이 아무것도 걸치지 않고 자리를 뜬다. 환희횟집의 보일러 돌아가는 소리가 들린다. 웅. 도련님분식에서는 노모의 욕설이 들린다. 시벌.

7. or 노모

남편과 살 만큼 살았다고 생각했다. 그런데 문제는 그 생각을 드러내기도 전에 남편이 딸아이를 데리고 사라져버린 것.

탈북자 출신 아이돌과 복서 배우의 만남은 세간의 큰 관심이었다. 그와 나는 통일부 직원인 지인을 통해 만났다고 보도자료에 밝혔지만, 사실 인터넷 채팅으로 우연히 만나 사랑에 빠졌다. 난 당시 스케줄이 없어 무료할 때면 채팅으로 남자를 만나곤 했다. 일종의 오랜 취미였다. 채팅으로 만나는 남자들은 나의 아름다움, 그리고 유명세에 금세 반해 버렸다. 자동차 영업사원, 대리운전자, 삼류 프로게이머 등 그 직업군도 다양했다. 그러다 아이돌까지 만나게 된 것이다. 그는 내가 북한의 대표 배우 김혜경을 많이 닮았다며 좋아했다. 탈북자인 그에게 인터넷 채팅은 그야말로 신천지라고 했다. 고로 나는 그에게 신천지에서 온 미녀였다. 그는 나에 대해 잘 알아보지도 않고 무조건 결혼하자고 했다. 나역시 나쁘지 않았다. 자본주의 신봉자들은 감히 넘볼 수 없는 공산주의적인 연애를 하고 있다는 생각을 했다. 그와 만날 때마다 '거침없는 돌진', '혁명적 연애' 같은 단어들이 항상 머리 위를 맴돌았다. 당시 남북 화해 분위기가 조성되면서 그는 큰 각광을 받았다. 그저 그런 '일반' 아이돌과는 확실히 달라 보였다. 그는 개념이 탑재된 강한 하드웨어의 소유자로 통했다. 심지어 그는 김정일대학교 출신이었다. 각이 있고, 패기 넘치는 저돌적인 엘리트 느낌, 그 자체였다. 하지만 소속사와의 복잡 오묘한 계약 문제로 돈은 없었다. 난 당연히 재력보다는 능력을 보고 그를 선택했다.

우리는 '세기의 결혼식'이라고 하기엔 부족했지만, '세간의 관심'이라고 하기엔 충분한 결혼식을 올렸다. 그는 결혼을 하자마자 아이를 원했다. 그런데 이상하게 부부 관계에는 적극적이지 않았다. 연애 때는 그것이 미덕처럼 느껴졌지만, 결혼 후에는 미덥지 않게 느껴졌다. 그는 이 평계 저 평계 대며 섹스를 거부했다. 그리고 얼마 있지 않아, 입양이라도 해야겠다면서 지방 도시에서 여자아이 하나를 데리고 왔다. 아이의 이름은 혜숙. 그의 성을 붙여 '림혜숙'이 되었다. 당시 나는 아이가 생기지 않는 이유가 내 난소의 문제라고 믿고 있었다(지금은 그렇게 생각하지 않지만). 아무튼 그가 데려온 여자아이는 우리의 큰딸이 되었다. 그는 딸아이도 북한 출신이라고 했다. 하지만 확인할 길이 없었다. 얼마지나지 않아 아들도 필요하다며, 자신은 이제 미제국주의를이해한다며 미국 아이를 데려오겠다고 했다. 그리고 또 지방 도시에서 아이를 데려왔다. 미제국주의와의 화해의 상징으로 입양한 아이가 바로 헌트이다.

네 식구가 된 뒤로 몇 개월간은 나름 화목했다. 수많은 매체에서 관심을 가졌고, 아이들도 한 가족처럼 잘 융화되었다. 어차피 갈 데가 없는 아이들이었으니. 남편은 강렬했던 북한 출신 아이돌의 이미지를 벗고, 엄하지만 따뜻한 아빠의 이미지로 각종 예능 프로그램에서 주목받기 시작했다. 그런 캐릭터가 이전에는 없었기 때문에 꽤 인기를 얻었다. 나 역시 주먹이 무르익는다는 평을 받으며, 전국체전 출전을 준비하고 있었다.

　그러던 어느 날, 추웠던 어느 날.

　면도날 같은 찬바람이 골목길 담을 타고 넘어와 쌍따귀를
후려치던 날. 여느 때와 같이 난 늦게까지 운동을 하고 집에
들어갔다. 아이들은 각자의 방에서 자고 있었다. 내 인기척
을 듣고도 집 안의 그 어떤 것도 움직이지 않았다. 거실 바
닥의 그 차가움. 아직도 생생하다. 보일러를 켜야겠다고 생
각하는 찰나, 난 보지 말아야 할 것을 보고 말았다. 아니, 내
눈 앞에 나타나면 안 될 것이 내 눈 앞에 나타나버렸다. 평
생을 살며 듣지 않아도 좋을 소리를 듣고 말았다. 절로 욕설
이 튀어나왔다. 막을 수가 없었다. 멈출 수도 없었다. 제어
불능의 물똥처럼 욕이 터져 나왔다.

　― 저런 상놈의 개새끼.

　안방에서 한 남자의 교성이 극에 달하는 것을 감지했다.
분명 남편의 목소리는 아니었다. 숭얼숭얼 맺힌 땀방울이
한 남자의 등을 타고 흘러내리는 것을 보고 말았다. 역시 남
편의 등은 아니었다. 남편은 얼굴을 베개에 묻고 소리를 지
르고 있었다. 몸이 굳었다. 물론, 보일러를 켤 수도 없었다.
나는 몹시 추웠고, 그들은 너무 더워 보였다. 난 바로 집을

나왔다. 뒤에서 남편의 교성이 따라붙었다. 나와의 성교 때
는 들어보지 못한.

곧바로 평소 친오빠처럼 여겼던 동성애자 홍 선배가 운영
하는 이태원 수리남 식당으로 갔다.

나는 어쩌면 남편의 위장 결혼용 인물이었을지도 모른다
는 생각.

어쩌면 나의 남성적 매력 때문에 잠시 끌렸다가 자신의
진정한 성 정체성을 발견했을지도 모른다는 생각.

'거침없는 돌진', '혁명적 연애' 따위도 다 포장일 수 있다
는 생각.

이런저런 잡스러운 생각들이 두통을 종용하고 있을 때,
답을 준 사람은 홍 선배였다.

— 일라라, 이 시뱅년아.

홍 선배는 계속 누워 있을 수는 없는 법이라고 다시 일어
나 뭐든 시작하라고 충고했다. 선배의 욕은 응원이었고, 선
배의 충고는 명령에 가까웠다. 그리고 자신이 소유한 섬에
작은 가게를 하나 얻어줬다. 권투는 이제 비인기 종목이니
다른 격투기를 해보라고 권유한 이도 홍 선배였다. 홍 선배
의 얘기를 듣고 마음이 많이 흔들렸다. 하지만 쉽게 결단할
수 없었다. 선배는 답답하면 글이라도 써보라고 했다. 노란

만장(怒瀾萬丈)한 삶을 글로 써서 다 털어내라고 했다. 돌이켜보니 정말 삶이 성난 파도와 같았다. 무엇을 먼저 시작해야 할지도 몰랐다. 선배를 만나고 돌아올 때마다 심히 고통스러웠다. 나의 늦은 귀 때문에 헌트는 늘 혼자 자야만 했다. 헌트는 늘 지친 표정으로 입을 실룩거리며 홀로 깊은 잠을 자곤 했다.

그리고 결심했다. 헌트를, 한때 국민 도련님이었던 이 귀여운 녀석을 더 이상 혼자 자게 해선 안 되겠다고. 일어나야겠다고. 그리고 좆도행 선박에 모든 것을 실었다. 조리대에 정착하기로 마음을 먹었다.

8.

귀뚜라미 보일러가 온다.

강풍을 헤치고, 거대한 파도까지 다 헤치고 비데만으로, 좆도로, 도련님분식으로 온다.

노모는 술에 취해 혼미한 상태로 욕설을 토해내다 또 잠이 들었다. 노모가 잠든 사이 헌트는 장사 준비를 한다. 손님이 오지 않을 것 같은 험상궂은 날씨에도 일상에 몰두한다. 달걀 까는 일에 몰두해 있다. 찐 달걀 앞에는 헌트가 꿰어놓은 오뎅 꼬치가 수북이 쌓여 있다. 손은 일을 하고 있지만, 머리로는 소설을 쓰고 있다. 노모의 코 고는 소리가 바람 소리와 절묘하게 어우러진다.

미스터 정은 계속 수족관 안을 들여다보며 회 칠 놈을 고르고 있다. 그래 봐야 전어밖에 없다. 이놈들은 어차피 오늘 밤을 넘기기 힘들 것이다. 빨간 고무장갑을 끼고, 힘없는 전어를 한 마리 건져 올린다. 물 밖으로 전어를 꺼내 부엌 바닥에 내동댕이치려다 만다. 내동댕이쳐진 전어가 부엌 바닥을 온몸으로 뛰어다니면, 굵은 칼등으로 녀석의 정수리를 살짝 칠 생각이었지만, 그럴 필요가 없다. 전어는 이미 즉사. 얌전한 전어를 도마 위에 살포시 올린다.

전어.

등은 검푸르고 배는 은백색인 전어. 등 쪽에는 갈색 반점이 있고, 옆구리 앞쪽에 큰 갈색 반점이 하나 있고, 꼬리지느러미는 황색을 띤 전어. 등지느러미의 끝 연조가 길고 실과 같은 모양을 하고 있는 전어. 20센티미터 정도 될 법한 전어. 미스터 정은 웃는다. 그려, 이게 전어여! 전어를 보며 웃는다.

강풍이 순식간에 바다 태양을 거두어 갔다.

삼촌은 미스터 정과의 두 번의 낮썹(daytime sex) 후 깜빡 잠이 들었다. 잠에서 깨고서도 한참 동안을 누운 채로 깜깜한 창문만 멍하니 쳐다본다. 그리고 습관적으로 미스터 정의 이불을 매만진다. 조갈증이 생겨 어기적어기적 일어나 수돗물이라도 한 사발 마시려고 방 밖으로 나오려다 우뚝 멈춘다.

전어를 보고 전어라 외치는 미스터 정을 발견한 삼촌. 세찬 바람이 문틈으로 몰려들어오지만 벌거벗은 삼촌은 춥지 않다. 물 마시는 것도 잊고, 삼촌은 마른 입맛을 다시며 문을 닫는다. 주섬주섬 옷을 입고 자리에 앉는다. 미스터 정에게 무슨 말을 해주고 싶은데, 참 좋은데, 정말 좋은데, 참 좋은데, 정말 좋은데, 어떻게 표현할 방법이 없음을 아쉬워한다. 뭐라고 적어볼까, 하는 생각에 종이를 찾는다. 말보다는 글이 편한 삼촌은 미스터 정을 위해 무언가를 쓰기 시작한다. 노래가 절로 나온다. 비린내 나는 부둣가를 내 세상처럼 누벼가며 두 주먹으로 또 하루를 겁 없이 살아간다! 희망도 없고 꿈도 없이 사랑에 속고 돈에 울고…. 삼촌은 다시 미스터 정을 불러 엎드리게 하고 싶다. 아니, 자신이 엎드리는 것도 괜찮을 것 같다. 삼촌의 노랫소리가 천장을 타고 도련님분식까지 전해진다. 비겁하다. 욕하지 마.

— 계슈?

누군가가 도련님분식의 문을 두드린다. 낯선 목소리다.

— 네 번 타는 귀뚜라미 보일라인디유!

노모가 벌떡 일어난다. 사라진 딸이 돌아온 것도 아닌데, 노모는 맨발로 보일러공을 맞으러 나간다. 노모에게서 풍기는 지독한 술 냄새에 보일러공이 코를 막는다. 노모는 보일러공의 손을 잡고, 왜 이렇게 늦었냐고 핀잔을 준다. 보일러공은 미안하다고 사과한다. 하지만 노모는 웃고 있다.

보일러를 새로 설치할 장소를 확인한 뒤, 보일러공이 드릴링을 시작한다. 소리가 크다. 바람 소리도, 칼질 소리도, 파도 소리, 삼촌의 노랫소리도 들리지 않는다. 노모는 드릴 소리를 들으며 평온한 표정을 짓고 있다. 차가운 바닥을 밟고 서서 보일러가 설치되는 광경을 유심히 보고 있다. 보일러를 켜지 않았음에도 노모의 얼굴에는 이미 따뜻함이 충만하다.

노모가 방 밖으로 나가자 헌트는 방에 들어가 노트북을 켠다. 노모의 모습을 보고 장편소설의 도입부가 떠오른 것. 헌트도, 노모도, 환희횟집의 삼촌도, 미스터 정도 웃고 있다. 같이 있진 않지만, 각자 웃고 있다. 드릴 소리 사이로 회치는 소리, 노랫소리, 자판 치는 소리가 묘하게 어우러진다. 픽, 하지 마, 윙다닥, 픽, 봄날은, 윙, 옹다다닥.

노트북 위에서 헌트의 두 팔이 춤을 춘다.

엄마를 갖다버린 지 일주일째다.

아빠 집에 모여 있던 너의 식구들은 궁상 끝에 전단지를 만들어 엄마를 갖다버린 장소 근방에 돌리기로 했다. 일단 전단지 초안을 '짜집기'로 했다.

고작 세 문장 썼는데, 헌트는 기분이 좋다. 오뎅보다 괜찮은 소설을 쓴 기분이다. 날은 쌀쌀한데, 보일러는 아직 설치되지도 않았는데, 이상하게도 반짝반짝 벚꽃이 보낸 봄바람이 헌트의 가슴을 따뜻하게 감싸고 지나가는 것만 같다.

거 참, 이상하게도 말.이.다.

그리지 못해 쓴 이야기 03:
면面

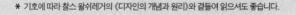

✻ 기호에 따라 찰스 왈쉬레거의 《디자인의 개념과 원리》와 곁들여 읽으셔도 좋습니다.

점심시간이 얼마 남지 않으면, 사무실 안은 휴면 상태가 되어버리기 일쑤다. 십여 분 남아 있으면, 뭔가 애매해진다. 먼저 자리를 뜨기도 머쓱하고, 머리로는 새로운 일을 시작하면 된다지만, 몸은 그렇게 하고 싶지 않은 법이다. 10분 안에 마무리가 될 만한 일이 손에 잡혀 있다면 좋으련만, 그것도 쉽지 않다. 이상하게 잡혀 있던 일도 놓게 된다. 그래서 대부분의 직장인이 점심시간 즈음이 되면, 으레, 그러면 안 되는지 알면서도 시간을 풀어놓는다. 자신의 책임에서 시간을 사면해버린다.

높은 파티션 뒤에 숨어, 미선은 신문 기사를 보고 있었다. 폴란드의 한 청년에 관한 기사였다. 그는 다른 사람들과

의 소통을 거부한 뒤, 큰 행복을 얻었다고 했다. 그는 확실히 소통을 거부하려면, '소통 거부 키트'를 사용하는 것이 좋다고 충고했다. '키트'라는 거창한 이름과는 달리 구성품은 단순했다. 복잡하고 기계적인 요소도 전혀 없었다. 얼굴 크기의 네모난 검은 유리판 혹은 플라스틱판 밑에 손잡이가 붙어 있는 것이 전부였다. 정리하자면, 얼굴 가리개 정도랄까? 소통을 하고 싶지 않으면, 그것을, 즉 '소통 거부 키트'를 자신의 얼굴에 갖다 대면 된다고 했다. 한마디로 시커멓고 네모난 유리판으로 얼굴을 가리라는 뜻이었다. 그러면 다른 사람과 얘기할 일이 없어진다고. 하긴 누가 플라스틱판에 대고 이야기하고 싶겠는가. 기자는, 철학적으로 그것이 일종의 대인관계를 단절하기 위해 인위적으로 벽을 쌓는 행위라고 부연했지만, 크게 수긍이 가진 않았다. 어떤 면이 철학적이라는 건지 알 수가 없었다. 암튼 미선은 폴란드 청년 기사를 읽으며 시간을 보냈다. 시침은 점점 점심시간을 향해 다가가고 있었다.

미선 옆자리에는 선미가 앉아 있었다. 물론 그들 사이엔 높은 파티션이 존재감을 과시하고 있었다. 선미는 책상에 널브러진 책들을 만지작거렸다. 어떤 측면에서 보자면, 정리라고도 할 수 있었다. 선미는《디자인의 개념과 원리》를 어디에 둘까, 고민했다. 꽤 잘나가던 대기업의 디자이너 자리를 포기하고, 이 작은 사무실을 열기로 결심했을 즈음에 샀던 책이었다. 처음부터, 다시 시작해보겠다는 의미였다. 점, 선, 면, 형태 뭐 이런 것들부터 차곡차곡 읽어나가며, 머리에 잘 진열해두고 싶었다. 잘 진열해둔 뒤, 필요할 때 요긴하게 열람하고 싶었다. 하지만 시간이 선미에게 틈을 주지 않았다. 선미는 디자인에 자기 생각을 담았으면 했다.

드라이버라면 안전 운전을 해야겠다고 생각하고, 디자이너라면 자신의 생각을 담고 싶어 하고. 물론 둘 다 뜻대로 될 리 없고. 그런 생각을 가졌던 탓(덕)에, 큰 회사를 계속 다니면 후회할 것만 같았다. 거기엔 자신의 생각을 담을 틈이 없었다. 아니, 없어 보였다. 그래서 마음 맞는 친구 넷이 지금의 회사를 만들었다. 이름하여, '디자인 선포'. '새로운 디자인을 세상에 선포한다'는 뜻으로 알고들 있지만, 사실 이름에 '선'이 들어가는 네 친구가 모였다는 뜻이었다. 하지만 '디자인 선포'에서도 선미는 자신의 생각을 디자인에 담을 수 없었다.

선홍은 남자 친구 생각에 잠겨 있었다. 남자 친구만 생각하면 마냥 행복해졌고, 시간도 빨리 갔으니. 얼마 전, 새벽 기차를 타고 다녀온 동해를 떠올렸다. 숙소에서 남자 친구의 품에 안겨 해가 뜨는 것을 보았던 기억이 너무나도 생생했다. 강렬한 태양 광선들이 바닷물에 비쳐 두 사람의 몸을 뚫는 듯했다. 무언가 모르게, 특별한 존재가 되는 느낌이었다. 선홍은 볼이 발그레해졌다. 등으로 전해지던 남자 친구의 가슴 촉감이 되살아났다. 하지만 높은 파티션 아래 앉아 있었기에 아무도 보지 못했다. 인터넷으로 신문을 보는 미선도, 평소 보지 않았던 책을 뒤적거리고 있던 선미도, 바로 옆에 앉아 있던 귀선도, 아무도 몰랐다. 선홍의 얼굴이 선홍빛이 되었고, 선홍의 등이 파르르 떨리고 있다는 사실을 아무도 몰랐다.

귀선은 고민에 빠져 있었다. 다름 아닌 점심 메뉴 때문이었다. 자신이 메뉴를 정해야 했다. 엄밀히 얘기하자면, 어떤 식당에 갈지를 정하는 것이었다. '선포' 식구들은 순번제로 메뉴를 정했다. 그런데 문제는, 김밥을 먹으러 가면 선홍이 싫다 할 것이고, 부대찌개집으로 가면 미선이 툴툴거릴 것이고, 햄버거를 먹자면 선미가 가만두지 않을 것을 알고 있었다. 그러다 보면 그냥 중국 음식이나 시켜 먹자고 할 터였다. 하지만 중국 음식은 귀선이 싫어했다. 어쩌면 다른 사람들이 그걸 알기에, 중국 음식을 먹자고 제안해도 거절할 수 있다고 생각했다. 생각은 중국 음식에서 멈춰 있었다.

그렇게 점심시간이 되었다.

넷은 약속한 듯, 파티션 위로 머리를 내밀었다. 마치 지하 세계에 숨어 있었던 사람들처럼, 세상과 어울리지 않는 표정들이었다. 두더지 게임의 두더지처럼 파티션이라는 굴에서 몸을 들어 올렸다.

미선이 물었다.

— 오늘, 누가 정하는 날이지?

누구도 대답하지 않았다. 선미는 아직 책들을 만지작거리는 중이었고, 선홍은 남자 친구의 환상에서 일상으로 귀환하지 않고 있었다. 귀선이 작게 대답하려다 말았다. 했어도, 미선에게까지 들리진 않았을 것이다. 넷은 더 이상의 대화 없이, 사무실을 빠져나왔다. 작은 엘리베이터가 내려오는 동안에도 다들 별말을 하지 않았다. 미선은 엘리베이터 문만 멍하니 바라봤고, 선미는 벽 거울에 비친 자신의 얼굴을 봤고, 선홍은 화장을 고쳤고, 귀선은 눈을 감고 엘리베이터가 어서 도착하기를 기다렸다.

— 중국집 어때?

귀선이 어렵게 입을 열었다. 나머지는 가볍게 동의했다. 넷은 지하철역 방면으로 천천히 걸었다. 미선이 말했다.

— 폴란드에는 의사소통을 거부한 채 살아가는 한 청년이

있대. 진짜 웃기지 않냐? 그런데 그 청년이 엄청 행복해서 죽는대. 뭐냐? 의사소통을 거부하기 쉽게 휴대용 칸막이도 만들었다고 하더라.

선홍이 말을 이었다.

— 그래? 우리 자기도 그 얘기 알던데, 내 남친은 신문은 죄다 읽는다니깐. 맨날 그래. 그래서 아는 게 너무 많아서 가끔은 부담스러워. 나는 책을 많이 안 읽잖아.

선미도 한마디 거들었다.

— 난 요즘에 《디자인의 개념과 원리》라는 책을 다시 보고 있어. 오래전에 읽어서 그런지 기억도 잘 나지 않고 말이야. 너희들도 같이 보자. 초심으로 돌아가서 진짜 제대로 선포 한번 해보자. 디자인 선포!

선미의 귀여운 말투는 의미심장한 내용과 잘 어울리지 않았다.

귀선이 간신히 끼어들어 한마디 덧붙였다.

— 근데 얘들아, 우리 지금 어디 가니?

나머지 셋이 동시에 말했다. 연습이 잘된 합창단 같았다.

— 중국집 가자며!

귀선은 중국집인 건 아는데, 어떤 중국집에 갈 거냐고 되물었다. 근처에는 중국집이 한두 개가 아니었다. 미선이 '손수타'로 가자고 했다. 이견이 없었다. 그들은 무언가 말을 하며, 손수타로 향했다.

주방장으로 보이는 건장한 남자 한 명이 유리벽 뒤에 있었다. 그는 사면이 유리로 된 방 안에서 손으로 반죽을 하고 있었다. 흰 반죽을 크게 돌려 점점 가늘게 만들었다. 요리모까지 쓴 주방장은 꽤 더워 보였다. 반죽에 머리카락이 빠질 것 같지는 않았다. 그렇지만 주방장의 땀방울이 반죽의 간을 도울 수 있다는 생각은 들었다.

— 주문들 해야지.

미선의 목소리였다. 선미는 '오늘의 식사'를 시켰고, 선홍도 같은 것을 주문했고, 귀선은 거기에 추가했다. '오늘의 식사'는 잡채밥이었다. 수타면을 만드는 중국집에 와서 모두 밥을 먹는다는 것이 미선에게는 미스터리였다. 그렇다고 수타 잡채가 들어 있는 것도 아닐 텐데. 미선은 고민에 빠졌다. 수타 짜장면을 먹을 것인가, 아니면 짬뽕을 먹을 것인가. 잡채밥을 고른 사람들끼리 속닥거리고 있었다. 미선은 자신과 그들 사이에 얇은 벽이 세워진 느낌이 들었다. 짜장면은 먹을 때는 맛있는데, 먹고 나면 짜장의 단맛이 너무 입에 오래 남아 찝찝하다. 짬뽕은 입안을 개운하게 해주는데, 왠지 모르게 먹고 나면 허전하다. 그렇다면 짬짜면이 어떨까? 짜장과 짬뽕을 동시에 즐길 수 있으니 딱이다. 미선은 종업원을 불렀다. 종업원 뒤에선 주방장이 계속 반죽을 돌리고 있었다.

— 여기요. '오늘의 식사' 세 개랑 짬짜면 하나요!

짬짜면이라는 말에 '오늘의 식사'를 시킨 세 여자가 동시에 놀란 눈으로 미선을 바라보았다. 종업원은 태연하게 대답했다.

— 저희는 짬짜면은 취급하지 않습니다. 중국 음식 본연의 맛을 추구하기 때문입니다.

미선의 얼굴이 달아올랐다. 귀까지 발개졌다. 미선은 억지로 웃으며 짜장면을 주문했다. 중국 음식 본연의 맛을 추구하는 종업원은 주문을 받고선 연기처럼 스르르 사라졌다.

— 뭐야? 요즘 짬짜면도 안 파는 중국집이 어디 있어?

선홍이 거들었다.

— 그거 우리 자기야가 진짜 좋아하는데. 근데 여기 이름이 뭐지?

귀선이 대답했다.

— 손수타.

선미가 이상하다는 눈빛으로 되물었다.

— 손수타라고? 정말 이상하네. 수타할 때, '수' 자가 '손

수(手)' 자잖아. 그런데 왜 그 앞에 '손'을 또 붙여? 이름 한 번 진짜 무식하다.

그 말을 들은 미선이 종업원을 불렀다.

— 저기요, 이 집 상호가 좀 이상하지 않나요?

미선은 거짓 웃음의 탈을 쓰고 날카롭게 말을 이었다.

— '손수타'라고 하면, '역전 앞'처럼 같은 말이 반복되는 거 아니에요? '손'이라는 뜻이 두 번이나 들어가잖아요. 고쳐야 할 것 같은데.

중국 음식 본연의 맛을 추구하는 종업원은 미선의 말을 듣고, 한마디로 어이없다는 표정으로 한마디 했다.

— 손님, 저기 유리방 안에서 면 뽑는 아저씨 보이죠? 그 아저씨 성이 '손'이에요, '손'. 그래서 우리 가게 이름이 '손수타'지요. '손' 씨 아저씨가 만드는 '수타면'이라는 뜻이에요. 그럼, 전 이만.

잠시 후, 사라졌던 종업원이 똑같은 표정으로 잡채밥 세 개와 짜장면 한 그릇을 가지고 왔다. '선포'의 네 디자이너는 식사를 시작했다. 이런저런 이야기들이 오고 갔다. "이번에 새로 나온 현대 차 디자인이 참 파격적이더라." "그래, 차는 역시 현대야. 현대를 사야 나중에 다시 팔 때, 제값 받는다고." "요즘 날씨 정말 덥지 않니?" "맞아, 나 미국에서 유학할 때는 5월이면 완전 여름이었어, 여름." "일요일에 그거 봤어? 가수들끼리 나와서 노래 대결하는 거? 진짜 짱이더라." "맞아, 요즘에는 일반인들 나와서 노래 부르는 서바이벌 프로그램이 완전 대세라니깐." 등등.

이야기는 한도 끝도 없었지만, 음식은 끝이 있었다. 식사를 마치고, 미선이 법인 카드로 계산을 했다. 계산을 마친 미선에게 종업원이 무언가를 줬다.

— 더우시죠? 이거 이번에 저희 가게에서 만든 부채입니다. 원래 요리 드시는 분들한테만 드리는 건데, 네 분은 단골이시고, 예쁘시니깐 하나씩 드릴게요.

넷은 서로를 보고 한 번씩 웃었다. 그리고 부채를 하나씩 집었다. 네모난 검정 부채였다. 부채 손잡이에 '손수타'라는 상호가 흘림체로 써 있었다.

— 부채가 참 특이하네요.

귀선이었다. 종업원은 이렇게 대꾸했다.

— 디자인에 신경을 좀 썼어요. 부채로도 쓸 수 있고, 햇빛 가리개로도 쓸 수 있어요. 검은색은 짜장 소스를 의미하고, 네모 모양은 경영 철학을 가리키지요. 둥글둥글하게 대충대충 넘기지 말자, 각지게 원칙대로 하자, 그런 뜻이지요.

넷은 무슨 뜻인지 이해하지 못하겠다는 얼굴로 식당을

나왔다. 넷 다 커피숍에 가서, 아메리카노라도 한 잔 마시고 싶었지만, 아무도 말을 꺼내지 못했다. 모두 알고 있었다. '디자인 선포'는 그다지 넉넉하지 않다는 사실을. 미선도, 선미도, 선홍도, 귀선도 모두 부채질을 하며 회사로 걸어 갔다. 부채에 가려 서로의 얼굴이 잘 보이지 않았다. 각각의 검은 사각 부채가 바람을 일으켰다. 그렇게 시원해 보이진 않았다.

여러분,
이거 다 거짓말인 거
아시죠?[1]

1 박범수 기자, '이명박-박근혜, 여론조사 중재안 거부' 〈MBC〉, 2007년 8월 7일자.

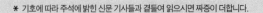

✽ 기호에 따라 주석에 밝힌 신문 기사들과 곁들여 읽으시면 짜증이 더합니다.

쥐²

　미니마우스 유리병은 인간의 생각대로 어디론가 흘러가기 시작했습니다. 흘러, 흘러, 흘러 멀리, 멀리로 갔습니다. 강을 지나 바다로, 작은 바다에서 더 큰 바다로, 천천히, 하지만 꾸준히 계속 움직였습니다.

　결국, 미니마우스는 밝게 웃으며 오랫동안 전 세계의 바다를 싹 다 구경하고 아프리카 대륙의 북쪽 섬나라 스카리니아(Skarinia)³에 도착했습니다. 미니마우스가 얼마나 기나

2　송경화·노현웅·김성환 기자, "'촌철살인' 구호·풍자 놀이…'유쾌한 민주주의' 활짝 피다' 〈한겨레〉, 2008년 6월 7일자.

3　최윤필 기자, '상상인간 이야기' 〈한국일보〉, 2005년 6월 17일자.

긴 여행을 했는지 아무도 모를 겁니다.

유리병 안에 고이 들어 있던 쥐포가 썩었는지 먹을 만한 지 아무도 알 수 없었습니다. 아무튼 미니마우스 병은 여전히 방긋 생쥐 미소를 짓고 있었습니다. 그 안의 쥐포도 본연의 형체를 그럭저럭 유지하고 있었습니다.

해안은 무인도라고 부르면 딱 좋을 법한 풍경이었습니다. 바다와 바위 언덕과 야자수가 어우러져 있었습니다. 오염과는 너무 거리가 먼, 태초의 모습을 그대로 잘 간직한 곳이었습니다. 원숭이를 닮은 종족들이 아무것도 걸치지 않은 채 모래사장으로 갑자기 괴성을 마구마구 지르며 뛰어 나온다 해도 전혀 어색할 것 같지 않았습니다. 그들이 인간이 구사하는 말을 전혀 못 한다고 하여도 역시 놀랍지 않을 것 같았습니다.

미니마우스는 모래사장 위에 평화롭게 누워 있었습니다. 파도가 밀려올 때마다 바닷물이 슬쩍슬쩍 유리병을 쳤습니다. 아무도 없는, 참으로 고요한 바닷가였습니다.

밤이 되자, 차갑고 날카로운 바닷바람이 씽씽 불기 시작했습니다. 유리병은 물이 닿지 않는 뭍까지 올라왔고, 찬바람이 휙휙 불어와 병이 데굴데굴 뭍으로 굴러갔습니다. 그렇게 칠흑 같은 밤이 지나갔습니다. 병은 찬바람을 맞고 또

맞았습니다. 바다의 노래가 쉬지 않고 들려왔습니다. 서서히 아침이 밀려왔습니다.

기나긴 밤 지새우고 풀잎마다 맺힌 진주보다 더욱더 고운 아침 이슬이 생겼을 무렵, 어디선가 쥐 떼가 나타났습니다.

병을 발견한 쥐 떼들은 무지하게 시끄럽게 찍찍거렸습니다. 몇몇 쥐들은 병뚜껑에 코까지 박고 킁킁거리면서 냄새를 맡았습니다. 무슨 중요한 토론이라도 하는 듯 한참을 시끄럽게 찍찍거리더니, 병을 바위 언덕까지 굴렸습니다. 그러더니 그 바위 위에서 유리병을 밑으로 떨어뜨렸습니다. 떨어진 미니마우스 병이 산산조각 났습니다. 박제처럼 굳어 있던 귀여운 미니마우스의 생쥐 미소도 와장창 작살이 났습니다. 쥐들은 일사불란하게 바위 언덕을 내려가 병 안에 있던 내용물에 코를 박고 킁킁거렸습니다.

잠시 뒤, 쥐들은 그것을 냠냠 쩝쩝 먹기 시작했습니다. 마치 우리가 먹지 않으면 누가 먹겠느냐는 표정으로, 그야말로 맛있게, 침까지 질질 흘려가며, 유리병 속에 들어 있던 내용물을 싹 다 먹었습니다.

그렇습니다. 쥐는 잡식성이었습니다.

광화문

아침 7시에 아주버니에게 전화가 옴. 딸은 옆에서 자고 있고, 남편이 밤새 들어오지 않아 비몽사몽으로 밤을 새운 상태임. 전화기 너머로 들려오는 아주버니의 목소리는 평소와 달리 무척 어색함. 무언가 상당히 잘못되었다는 느낌이 듦. 아주버니는 남편과 함께 병원에 있다고 함. 옷을 대충 걸치고, 딸을 깨워 옆집에 맡기고, 택시를 탐.

출근 시간이라 병원까지 생각보다 시간이 많이 걸림. 가는 동안 택시 안에서 안절부절못하자 기사가 괜찮냐고 물음. 대답 안 함.

응급실로 뜀. 남편이 응급실 구석 침대에 누워 있음. 양쪽 눈에 커다란 안대를 함. 다가가는 것도 모름. 괜찮냐고 묻자, 남편은 웃으면서 미안하다고 말함. 곧 괜찮아질 거니까 걱정 말라고 함. 딸 학교는 어떻게 하고 여기 왔냐고 물음. 미안하다는 남편의 말에 아무런 대꾸를 못 하고, 괜찮아질 것 같지 않아 걱정이 계속됨. 눈물도 조금 남. 딸은 옆집에 맡겼으니 걱정 말라는 대답만 간신히 함. 억지로 웃는 남편의 입술이 심하게 부풀어 있는 것이 보임. 피도 많이 났던 것 같음. 발음이 어눌함. 아주버니는 옆에서 아무 말도 못 하고 고개를 푹 숙인 채 서 있음. 아주버니가 계속 자기 탓이라고 함.

전날, 남편은 퇴근하자마자 아주버니와 함께 광화문에 좀 나가봐야겠다고 했음. 같이 가고 싶었지만, 딸 때문에 그럴 수 없었음. 남편은 절대 우리 딸이 그런 소고기를 먹게 내버려두지 않겠다고 큰소리를 치고 나갔음. 위험하다는 생각도 조금 했지만, 많은 사람이 함께 있을 테니 별일은 없을 거라고 나름 자위했음. 올바른 일이라고 믿었기 때문에 남편을 말리지 않았음.

자정이 넘었는데도 연락이 되지 않아 텔레비전을 틀어봤음. 뉴스에서 시내에 대규모 폭력 사태가 발생했다는 소식을 접하고, 걱정을 많이 했음. 촛불집회 참여자들과 경찰 간의 무력 충돌이 보도됨. 남편도, 아주버니도 전화를 받지 않음. 하지만 손쓸 방법이 전혀 없었음. 자는 딸을 두고 직접 나가볼까 생각도 함. 그러다 아침에 아주버니의 전화를 받음.

이웃에게 딸은 학교에 잘 갔으니 걱정 말라는 문자메시지가 옴. 문자메시지를 읽자 냉정함을 잃고, 순간 울 뻔함. 뭔가 복잡해지고 있다는 느낌이 듦. 출근을 못 할 것 같아 점장에게 전화를 함. 점장은 갑자기 안 온다고 하면, 누가 배달을 하냐고 소리를 지름. 오후에라도 나오라고 함. 남편이 많이 아파서 병원에 왔다고 했으나, 점장은 대꾸도 안 함. 미안하다고 했는데, 대답도 없이 전화를 끊어버림. 남편이 통화 내용을 다 들음. 팀장에게 미안하다는 내용의 문자메시지를 보냄. 다 보내지 않았는데, 남편이 말없이 손을 꼭 잡음. 아주버니가 남편 회사에 전화를 해 자초지종을 설명함.

남편은 시위 현장에서 눈에 물대포를 맞았다고 함. 경찰들이 갑자기 가까운 거리에서 물대포를 쐈고, 원래 여고생을 향해 쏘던 물대포를 남편이 막아주려고 하자, 여러 대가 동시에 남편을 집중적으로 쐈다고 함. 경찰들이 물대포는 근거리 직사를 할 수 없다는 원칙을 지키지 않았다고 함. 그중 한 대가 남편의 얼굴을 향했고, 남편이 고통을 호소했음에도 물대포는 남편을 계속 공격했다고 함. 물대포가 남편의 눈을 강타했고, 남편이 의식을 잃고 나서야 발사가 멈췄다고 함. 믿을 수가 없음. 상황 설명을 다 듣고, 다리의 힘이 빠짐. 누군가가 삶을 위한 공기를 삽시간에 모두 앗아간 기분이 듦.

한 시간쯤 뒤 의사가 옴. 의사는 남편의 안대를 풀고, 몇 가지 검사를 함. 진지한 얼굴로 망막 출혈이 몹시 심하다고 함. 실명 가능성을 언급함. 수술에 동의를 하고, 한 시간 뒤에 수술받기로 함.

수술 이야기를 들은 남편은 미안하다는 말을 계속함. 괜찮다는 말이 도저히 입에서 나오지 않음. 수술실로 들어가는 남편의 손을 꼭 잡음. 남편이 수술실로 들어감. 앞으로 딸을 보지 못할지도 모르는 남편을 보니 눈물이 멈추지 않음.

수술이 끝날 무렵, 기자 세 명이 찾아옴. 기자들이 무언가를 계속 물어봤지만, 대답하기 두려워 화장실로 도망침. 화장실에 앉아 많은 생각을 함. 도대체 뭘 잘못했기에 남편이 저렇게 되었나 생각해봄. 도무지 답을 찾지 못함. 숨이 막힘. 인생의 가장 밑바닥에 털썩 주저앉은 기분이 듦.

수술을 끝낸 의사가 며칠 더 입원해야 한다고 말함. 수술 결과에 대해선 별말이 없음. 아주버니에게 집에 잠시 다녀오겠다고 말함. 버스를 타고 집으로 감. 병원에서 며칠 지내며 필요할 것 같은 물건들을 챙김. 기운이 없으면 안 될 것 같아 냉수에 밥을 맒. 억지로 먹어보려고 해도 잘 넘어가지 않음. 물에 만 밥 위로 자꾸 눈물이 떨어짐. 그래도 숟가락을 들어 계속 먹음. 딸을 생각하니 앞이 깜깜함. 남편과 함께 시력을 잃어가는 느낌이 듦. 앞이 뿌옇게 보임.

그때, 어디선가 쥐가 찍찍거리는 소리가 들림. 마치 세상

의 착한 이들을 모두 비웃는 것 같은 소리가 남. 갑자기 너
무 화가 치밀. 모든 것이 쥐 때문인 것 같은 생각이 듦. 숨이
막힘. 쥐를 잡고 싶은 생각이 간절함. 잡아서 가죽을 싹 벗
기면 속이 후련할 것 같음.

교회[4]

쥐는 너무너무 무서웠는지 찍소리도 못 하고 인간의 등
뒤에 딱 붙어 있었습니다. 얼마 전까지 저 멀리 중동의 아랍
에미리트[5]까지 가서 큰소리를 뻥뻥 치던 쥐의 의기양양함은
찾아볼 수 없었습니다. 인간의 등에서 떨어질까 봐 인간을
꼬옥 안은 채, 덜덜 떨고 있는 모습이 어색하고 이상하기까
지 했습니다.

인간은 등 뒤에 쥐를 매달고 전속력으로 달렸습니다. 오토
바이가 부릉 소리를 내며 한강을 건넜습니다. 이상하게도 경

---

4 디지털미디어부, '"이명박 전 대통령, 소망교회 안 다닌다"'
   〈서울경제〉, 2013년 8월 9일자.
5 안종현 기자, '이명박 대통령 5년 출장 기록 살펴보니...' 〈뉴데일리〉, 2012년 12월 6일자.

찰들이 차선을 위반하며 과속까지 하는 오토바이를 보고도 잡지 않았습니다. 인간은 아름답고 유연하게 곡선을 만들며 차선을 넘나들었습니다. 차선을 바꿀 때마다 오토바이가 넘어질 정도로 심하게 기울어졌습니다. 그때마다 쥐는 숨을 멈추고, 인간의 등을 더욱 강하게 꼬옥 끌어안았습니다.

인간과 쥐를 태운 오토바이는 한강을 건너, 약수역을 지나, 종로5가를 지나 대학로를 향해 내달렸습니다. 오토바이가 좁은 골목으로 꺾어 들어갔습니다. 하지만 인간은 속도를 줄이지 않았습니다. 잠시 중심을 잃은 오토바이가 뒤뚱거렸습니다. 길을 걷던 행인들은 놀라 소리를 질렀습니다. 고래고래 욕을 하는 사람들도 있었습니다. 쥐에게 하는 욕인지, 인간에게 하는 욕인지, 오토바이에 하는 욕인지 잘 구분이 되지 않았습니다. 인간의 표정은 변하지 않았습니다. 그저 아무 일도 없다는 듯 다소 무심한 표정으로 속도도 줄이지 않고 골목 사이를 내달렸습니다. 인간의 등 뒤에 붙어 있던 쥐는 여전히 겁에 질린 표정이었습니다. 쥐는 꽁꽁 얼어붙은 것처럼 하얗게 질려 미동도 하지 않았습니다. 정신을 잃은 것 같기도 했습니다.

불과 몇 시간 전까지만 해도 쥐는 꽤 의기양양했습니다. 3개월 만에 교회[6]를 찾은 쥐는 다시 세상을 얻은 양 환하게 웃었으며, 심지어 사람들에게 여유롭게 꼬리까지 살랑살랑 흔들어주었습니다. 수많은 사람이 쥐를 환영했습니다. 어떤 사람들은 쥐를 연호하며, 짝짝짝 손뼉을 치기도 했습니다. 교회가 하나님을 찬양하는 곳인지, 쥐 '님'을 찬양하는 곳인지 알 수 없을 지경이었습니다. 쥐를 환영한다는 현수막[7]도 보였습니다. 쥐에게 감사를 표한다는 글귀도 있었습니다. 그 광경을 지켜보던 인간은 의아했습니다. 사람들이 왜 쥐를 환영하는 것인지 알 수 없었습니다. 무엇 때문에 인간들이 쥐를 찬양하는지 이해할 수 없었습니다. 쥐는 씨익 웃었습니다. 웃는 순간, 작디작은 쥐의 눈이 양옆으로 쪽 찢어졌습니다. 그 모습이 쥐를 한결 못나 보이게 했습니다. 사인을 부탁하며 성경책을 내미는 사람들도 있었습니다. 쥐는 아주 익숙한 듯 성경책에 사인을 쓱쓱 해줬습니다. 사진 찍는 신도들을 위해 승리의 'V'를 그리며 포즈도 취했습니다.

그것이 몇 시간 전의 일이었습니다. 그때까지만 해도 쥐의 얼굴에는 생기가 뱅뱅 돌았습니다. 쥐는 방금 사우나를

---

6 박문호 기자, '소망교회 예배 마친 이명박 전 대통령 내외' 〈뉴시스〉, 2013년 3월 3일자.
7 피용익 기자, '이명박 前대통령, 퇴임 후 첫 소망교회 예배 참석'
   〈중앙일보〉, 2013년 3월 3일자.

마치고 나온 것처럼 뽀송뽀송한 얼굴로 사람들에게 인사를 했습니다. 맛있는 음식을 먹을 때[8]처럼 행복한 표정을 지었습니다.

쥐는 예배를 마친 후 평화롭게 자신의 소굴로 돌아갈 수 있을 것이라 생각했을 겁니다. 교회에서 소굴[9]까지는 불과 2.26킬로미터밖에 되지 않으니 그사이에 무슨 일이 일어날 거라고 생각하지 못했을 것입니다. 더군다나 교회에서 나와 한강을 건너 서울의 북쪽으로 넘어오게 될 것이라고는 상상도 못 했을 것입니다. 쥐는 원래 한강뿐만 아니라 모든 강을 참 사랑했습니다.[10] 하지만 이상하게도 한강의 북쪽보다는 남쪽을 좋아했습니다.[11] 그랬기에 쥐는 낯모르는 인간의 등에 껌딱지처럼 딱 달라붙어 오토바이까지 타고 강북에 가게 될 줄은 정말정말 몰랐을 것입니다. 그렇습니다. 쥐는 원래

8 '먹방 3대천왕은? "강호동·하정우·이명박 전 대통령"…왜?'
   〈뉴데일리〉, 2012년 12월 6일자.

9 이승빈 기자, '전두환 자택 앞을 닮아가는 이명박 자택 앞'
   〈민중의소리〉, 2013년 7월 11일자.

10 남빛나라 기자, 'MB의 끝없는 '운하 사랑'…그 악취 나는 말말말!'
    〈프레시안〉, 2013년 7월 17일자.

11 박재현 기자, '이명박 정부 부동산 정책…'강부자'만 있고 '서민'은 없다'
    〈경향신문〉, 2008년 6월 6일자.

상상력이 형편없습니다.

인간은 쥐를 등에 매단 채, 오토바이에서 폴짝 뛰어내렸습니다. 오토바이가 균형을 잃고 넘어져 주차장 바닥에서 빙그르 돌았지만 인간은 전혀 아랑곳하지 않았습니다. 인간은 이리저리 주위를 둘러보았습니다. 뒤따라온 사람이 아무도 없다는 것을 확인하고, 건물의 지하로 후다닥 내려갔습니다. 쥐는 인간의 등에서 뛰어내릴까 말까, 고민하는 것 같았습니다. 쥐가 망설이고 있는 사이 인간은 빠르게 계단을 후다닥 뛰어 내려갔습니다.

건물 지하에는 벙커가 있었습니다. 76.2밀리미터 평사포, 122밀리미터 대구경 포, 130밀리미터 대구경 포의 연속 공격[12]에도 끄떡없을 것 같이 튼튼한 벙커였습니다. 쥐에게 벙커는 익숙한 장소였습니다. 쥐는 무서울 때마다 벙커에 꼭꼭 숨는 습관이 있습니다.[13] 몇 년 사이 여러 차례 벙커에 숨었던 기억도 있습니다. 그렇습니다. 쥐는 겁이 참 많았습니다.

....
12 '북한의 연평도 포격 도발과 남북 관계' 〈정책브리핑〉, 2010년 12월 8일자.
13 김봉수 기자, "'지하벙커' 비상경제회의, MB 임기와 함께 종료' 〈아시아경제〉, 2012년 12월 27일자.

인간이 지하 벙커의 문을 열었습니다. 안이 깜깜했습니다. 너무 어두워서 아무것도 보이지 않았습니다. 인간은 쥐를 바닥에 내동댕이쳤습니다. 쥐는 바닥에 한 번 퉁 하고 튕기더니 구석으로 데굴데굴 굴러갔습니다.

그리고 문이 스르르 닫혔습니다. 그 안에는 쥐와 인간 단 둘뿐이었습니다.

용산

아빠가 하늘에서 내려옴. 분명히 순식간에 일어난 일인데, 슬로비디오를 보는 착각이 듦. 여명을 배경으로 아빠가 천천히 떨어짐. 바닥으로 떨어진 아빠는 고통을 호소했지만, 아무도 들어주지 않음. 달려가 아빠를 부축하려 시도함. 불가능함을 깨달음. 표정에서, 목소리에서 상상할 수 없을 정도의 고통이 느껴짐. 도움을 요청하기 위해 응급차로 뛰어감. 응급대원들이 들것에 아빠를 실어 구급차에 태움. 아빠는 괜찮다고 말함. 전혀 괜찮아 보이지 않음. 그을음 가득한 아빠의 얼굴 사이로 엷은 미소가 보임.

아빠는 그렇게 불과 경찰로부터 자신의 목숨을 지키기 위해 용산의 남일당 건물에서 뛰어내림.

옥상 위 망루에서는 불과 연기가 여전함. 여기저기서 비명이 쏟아지고, 거리엔 아침의 생동이 조금씩 느껴짐. 건물 앞에서 토하는 경찰관이 보이고, 구급대원들의 숫자도 점점 많아짐. 구경하는 행인도 보이고, 불만을 토로하는 행인도 보임. 어둠과 밝음이 뒤섞여 생경한 모습이 눈앞에 펼쳐짐. 이것이 지옥일지도 모른다는 기시감마저 생김.

천천히 하늘에서 떨어지던 아빠의 모습, 구급차에 실리면서 괜찮다고 말하던 그 모습을 잊을 수 없음. 아빠를 따라 병원으로 감.

처음에는 아빠가 전국철거민연합회에 왜 가입했는지 이해할 수 없었음. 당시 아빠가 살던 남양주 지금동은 재개발 논의가 활발했음. 동네에서 정육점을 하던 아빠는 재개발에 큰 관심이 없어 보였음. 하지만 재개발 설명회를 한 번 다녀온 후 투사로 변했음.

나중에 엄마에게 들은 바에 의하면, 설명회에서 말한 보상금은 생각보다 컸고, 그 정도 돈이면 사위의 개안수술 비용도 마련할 수 있을 것 같다고 말했다 함. 결국, 아빠는 정육점은 엄마에게 맡기고, 자신은 남양주시 지금동 철거대책위원장을 맡음. 전국철거민연합회는 말 그대로 전국을 돌아다니며, 철거민들을 위해 일하는 단체이므로 아빠는 정육점을 할 때보다 훨씬 바빠짐. 주말이면, 정육점에서 혼자 일하는 엄마를 도우러 남양주에 갔음. 그전까지 이름도 들어보지 못했던 고기 자르는 기계들과 씨름함. 아빠는 밤낮, 주말도 없이 전국의 재개발 지역을 돌아다니며 활동함. 가끔 신문에서 아빠의 얼굴을 보기도 함. 그렇게 전국을 돌아다니며 많은 사람과 시위를 하면서, 사위의 고통을 이해하고, 더욱 가슴 아파함. 평생 여당만 정당이라고 믿었던 아빠의 입에서 여당 욕이 나오기 시작함.

병원에 도착한 아빠의 얼굴엔 여전히 그을음이 잔뜩 묻어 있음. 의사는 고개를 절레절레 흔듦. 발목과 손목뼈가 가루가 되었으며, 척추에도 문제가 있고, 얼굴과 손에는 심한 화상을 입었다고 함.

남편의 실명을 통보받은 날, 인생의 바닥이 오늘이라는 생각을 했던 기억이 남. 인생의 내리막에는 끝도, 브레이크도 없다는 생각을 함. 수술이 잘되어도 평생 고생할 수 있다는 의사의 말이 무척 야속함.

기자 두 명이 병원으로 찾아옴. 기자들이 인터뷰를 요청함. 아무 말도 없이 병원 밖으로 나왔더니 따라 나옴. 도망치고 싶지만, 그럴 힘조차 없음. 벤치에 앉아 길게 한숨을 내뱉음. 기자 둘은 나무처럼 옆에 서서 아무 말도 하지 못함.

그 순간, 눈앞으로 지나가는 쥐를 봄. 쥐는 빠르게 도망가며 웃음. 입을 히죽거리는 것이 무언가를 맛있게 먹고 있는 것 같음. 입에도 무언가를 물고 있는 것처럼 보임. 쥐를 잡고 싶어짐. 하지만 쥐는 이미 사라짐. 불행의 원인이 쥐일지도 모른다고 생각함. 하지만 이미 오래전부터 불행은 시작된 것일지도 모른다는 생각이 듦.

쥐가 눈앞에서 계속 아른거림. 남편이 실명한 날 들었던 쥐 울음소리가 귓가를 맴돎. 다시는 쥐가 눈앞에 나타나지 않길 바람. 쥐를 다신 보지 않는다면, 조금 숨통이 트일 것도 같음. 혹시 또다시 쥐가 나타나면, 반드시 잡아야겠다고 결심함. 갑자기 쥐를 잡아 목을 확 비틀고 몸뚱이를 토막 내고 싶은 욕구가 치밂.

벙커

인간은 주머니에서 성냥을 꺼내 불을 붙였습니다. 쥐는 구석에 누워 낑낑 신음을 내며 뒹굴고 있었습니다. 하지만 그건 누가 들어도 가짜 신음이라는 것이 너무 티가 났습니다.

인간은 성냥불을 양초에 옮겼습니다. 촛불은 고작 하나였지만, 생각보다 꽤 밝은 빛을 냈습니다. 양초 위에서 불꽃이 활활 타올랐습니다. 초라하게 구석에 찌그러진 채 신음하는 쥐의 모습도 낱낱이 드러났습니다. 벙커 안이 밝아지자, 쥐를 기다리고 있던 몇 가지 기계들이 보였습니다. 싱크대도 보였습니다. 인간은 싱크대로 가 물을 틀었습니다. 콸콸콸 물소리가 시원하게 났습니다. 쥐는 촛불 때문에 눈이 부시다는 시늉을 하며, 고개를 휙 돌렸습니다. 물소리도 듣기 싫다는 듯 앞다리로 귀를 막았습니다. 쥐는 양초가 어디서 난 것일까, 궁금했습니다.[14] 또 물소리가 왜 그렇게 크고 차갑게 느껴지는지도 의문스러웠습니다.

쥐는 인간이 말을 하길 기다리고 있는 것 같았습니다. 그러나 인간은 아무 말도 하지 않았습니다. 본래 입이 없는 존재처럼 입을 꽉 다물고 있었습니다. 벙커 안이 서늘한 분위기로 꽉 찼습니다. 물소리만 대포 소리처럼 들렸습니다.

스르르 불길한 기운이 벙커 바닥에 깔리자, 쥐는 슬슬 인간의 눈치를 보기 시작했습니다. 세상 모든 일을 다 해봤다

----

14 김재홍·유태영 기자, "'촛불시위 배후수사' 칼은 뽑았지만⋯물증확보 "글쎄"" 〈세계일보〉, 2008년 5월 27일자.

던 쥐[15]도 이런 상황은 처음 겪는 듯했습니다. 쥐는 눈을 최대한 크게 뜨고, 애처롭게 보이려고 몹시 노력했습니다. 아주 귀여운 고양이에게나 어울릴 법한 표정을 지으며 인간을 빤히 쳐다보았습니다. 두 발을 교대로 얼굴에 삭삭 비비며 살려달라는 시늉을 하고 있었습니다. 꼬리도 살랑살랑 흔들어보았습니다. 하지만 인간은 눈길 한번 주지 않았습니다. 눈길 대신 발길을 선사했습니다. 힘차게 쥐의 배를 걷어찼습니다. 쥐는 찍소리 할 틈도 없이 벽으로 휙 날아가버렸습니다. 벽에 머리를 콩 박은 쥐의 콧구멍에서 새빨간 피가 쪼르륵 귀엽게 흘러내렸습니다.

인간이 주머니에서 핸드폰을 꺼내 잠시 만지작거리자, 벙커 안에 음악이 흐르기 시작했습니다. 쥐가 예전에 꽤 즐겨 불렀다던 노래[16]였습니다. 쥐는 익숙한 노랫가락 덕분에 정신을 차렸습니다. 백악산에서 그 노래를 듣던 추억[17]을 떠올렸습니다. 쥐는 본능적으로 몸을 웅크렸습니다. 무언가로부

15 곽재훈 기자, 'MB, 임기 말에도 '내가 해봐서 아는데…'' 〈프레시안〉, 2013년 2월 7일자.
16 김용욱 기자, "'MB 아침이슬 부르며 쇠고기 협상 사과 해놓고…'' 〈참세상〉, 2012년 4월 26일자.
17 김수연 기자, '청와대 뒷산서 아침이슬 듣는 대통령 기분은' 〈이데일리〉, 2008년 6월 19일자.

터 자신을 보호해야겠다는 생각이 들었기 때문입니다.

인간은 스테인리스 안전 장갑을 끼고, 기계들을 하나씩 하나씩 살폈습니다.

노란색 안전 열쇠를 오른쪽으로 돌리고, 빨간 손잡이를 당긴 뒤 녹색 버튼을 누르자, 고기 박피기가 움직이기 시작했습니다. 박피기는 우렁찬 소리를 내며 고깃덩어리를 기다렸습니다. 고슴도치의 가죽이라도 벗겨낼 기세였습니다. 거북이의 등껍질도 남아날 것 같지 않았습니다. 박피기가 제대로 작동하는 것을 확인한 인간은 전원을 끄고, 골절기로 시선을 옮겼습니다.

기계 하단의 녹색 버튼을 누르자, 가는 톱이 진동하기 시작했습니다. 박피기보다는 가늘고 날카로운 소리를 내며 골절기가 움직였습니다. 절로 소름이 돋는 지독한 소리였습니다. 빨간 버튼을 누름과 동시에 골절기의 실톱이 움직임을 멈췄습니다. 기계가 멈출 때마다 노래가 크게 들렸습니다. 물소리, 기계음과 함께 뒤섞인 음악이 원곡의 장엄함과 더불어 으스스한 분위기까지 뿜어냈습니다. 쥐는 그야말로 쥐 죽은 듯이 숨죽이고 앉아 그 광경을 지켜보고 있었습니다. 쥐의 의지와는 상관없이 네 다리가 덜덜덜 떨렸습니다.

인간은 마지막으로 슬라이서를 점검했습니다. 전원을 켜

고, 손잡이를 좌우로 서너 차례 움직였습니다. 인간의 팔 동작에 따라 손잡이가 부드럽게 좌우로 움직였습니다. 슬라이서 점검을 마친 인간은 전원을 끄고 고기 두께를 조절하는 레버를 만졌습니다. 눈금은 1밀리미터를 가리켰습니다. 슬라이서는 어떤 고깃덩어리도 샤부샤부용으로 만들 수 있다는 자신감 있는 표정을 짓고 있는 것 같았습니다.

간단히 기계 점검을 마친 인간은 연육 망치를 들고 쥐에게 다가갔습니다. 쥐에겐 연육 망치도, 인간도, 기계들도, 음악 소리도, 물소리도, 심지어 인간이 끼고 있던 스테인리스 그물망 안전 장갑까지도 위협적이었습니다. 쥐구멍도 없는 벙커에서 쥐가 갈 곳은 아무 데도 없었습니다. 공포의 상황을 피할 길이 전혀 없었습니다. 쥐도 궁지에 몰리면 고양이를 무는 법이라고 했건만, 도무지 쥐는 물 용기가 나지 않았습니다. 움직일 용기도 나지 않았습니다.

인간은 무심하게 쥐를 향해 연육 망치를 휙 집어 던졌습니다. 망치가 횡횡횡 허공을 몇 차례 천천히 돌며, 쥐의 머리를 향해 날아갔습니다. 놀란 쥐는 간신히 망치를 피했습니다. 망치는 쥐 대신 쿵 하고 벽을 때렸습니다. 인간은 바닥에 떨어진 망치를 주워 또다시 쥐를 향해 휙 던졌습니다. 쥐는 또 가까스로 피했습니다. 하지만 공포까지 피할 순 없었습니다. 벙커의 벽에 망치 자국이 하나둘 생기기 시작했습니다. 바닥에도 망치 자국이 생겼습니다. 쥐는 벽에 난 망치 자국들과 움푹 팬 바닥을 보며, 극한의 공포에 휩싸였습니다. 그저 살기 위해 망치를 피하며 정신없이 이리저리 벙커 바닥을 기어 다닐 수밖에 없었습니다. 인간의 표정은 망치처럼 차갑고 딱딱했습니다. 사방이 망치 자국으로 가득할 무렵, 쥐는 완전히 지쳤습니다. 축 처진 눈을 하고, 헐떡거리면서 더 이상 참을 수 없다는 표정을 지었습니다. 꼬리까지 축 처져 죽음을 기다리는 표정이었습니다. 인간은 쥐의 표정을 잘 읽고 있었습니다. 쥐는 차라리 망치에 맞아 죽는 편이 낫겠다는 생각을 했습니다. 정확히 그 순간, 인간은 망치를 더 이상 던지지 않았습니다. 그리고 저벅저벅 쥐에게 다가갔습니다. 쥐는 무서웠습니다. 하지만 움직일 수 없었습니다. 인간이 다가올수록, 인간이 크게 느껴질수록, 몸은 더욱 굳는 것 같았습니다.

　인간은 쥐를 잡았습니다. 한 손으로는 쥐를 들고, 다른 한 손으로는 박피기의 노란색 안전 열쇠를 오른쪽으로 비틀어 돌렸습니다. 그리고 빨간 손잡이를 힘껏 잡아당긴 후, 녹색 버튼을 살며시 눌렀습니다. 소음을 토하며 박피기가 작동했습니다. 기계 돌아가는 소리를 들은 쥐는 바로 기절했습니다. 인간은 쥐를 흔들어 깨웠습니다. 쥐는 일어나지 않았습니다. 인간은 쥐를 싱크대로 들고 가 콸콸콸 물이 쏟아지는 수도꼭지 밑에 머리를 밀어 넣었습니다. 물대포[18]를 맞은 쥐는 놀라 눈을 떴습니다. 정신이 번쩍 든 모양이었습니다.

인간은 다시 박피기로 쥐를 들고 갔습니다. 고기 껍질을 제거하기 위해 날카로운 칼날이 정신없이 돌고 있었습니다. 여전히 쥐가 즐겨 들었다던 노래가 들렸습니다. 인간은 온몸이 물에 홀딱 젖은 쥐를 껍질 제거대 위에 올렸습니다.

3월이었지만, 봄이라고 말하기엔 꽤 쌀쌀한 날씨였습니다. 벙커 안은 더더욱 추웠습니다. 추위와 공포에 떨고 있던 쥐의 몸에 날카로운 칼날이 박혔습니다. 박힌 칼날들이 빠르게 돌며 가죽을 벗겨냈습니다. 가장 먼저 칼날이 만난 곳은 쥐의 배였습니다. 기계는 시끄러운 소리를 쏟아내며, 쥐의 뱃가죽을 사정없이 벗겨냈습니다. 쥐가 소리를 질렀지만, 기계 소리에 묻혀, 음악 소리에 묻혀, 물소리에 묻혀 들리지 않았습니다. 피가 사방으로 찍찍 터져나갔습니다. 뱃가죽이 반도 벗겨지기 전에 쥐는 정신을 잃었습니다. 인간

....
18 이승훈 기자, '미 쇠고기 반대시위 대비 5·18 기념식장에 '물대포' 등장'
〈노컷뉴스〉, 2008년 5월 18일자.

은 무덤덤하게 박피 작업을 계속 이어갔습니다. 쥐의 배 껍질이 홀랑 다 벗겨졌습니다. 깔끔하다고는 할 수 없었지만, 나쁘지 않았습니다. 인간은 쥐를 뒤로 돌려 다시 제거대에 올렸습니다. 순식간에 등가죽도 홀라당 벗겨졌습니다. 인간은 벗겨진 쥐의 뱃가죽과 등가죽을 싱크대에 획 던져버렸습니다. 그리고 쥐를 흔들어 깨웠습니다. 쥐는 아주 가늘게 눈을 떴습니다. 가죽 대신 피가 온몸을 덮고 있는 것을 보고 다시 기절했습니다.

인간은 껍질이 싹 벗겨진 쥐를 물로 씻었습니다. 처음에는 깨끗해지는 듯했지만, 피가 완전히 씻겨나가진 않았습니다. 씻기를 몇 번 반복하던 인간은 포기하고, 피가 뚝뚝 떨어지는 쥐를 탈탈 털어낸 후, 골절기로 발걸음을 옮겼습니다.

골절기의 날카롭고 가는 톱에 살이 닿자, 의식을 잃었던 쥐가 몸을 부르르 떨었습니다. 하지만 제대로 몸을 한번 떨기도 전에 다리 하나가 쑥 잘려나갔습니다. 다리 하나가 몸에서 떨어져 나가는 데는 1초도 채 걸리지 않았습니다. 인간은 쥐의 몸에서 떨어진 첫 번째 다리를 싱크대에 집어 던졌습니다. 작고 가늘고 볼품없었습니다. 인간은 아무리 생각해도 그 과정이 너무 싱겁게 느껴졌습니다. 그래서 나머지 세 다리는 천천히 자르기로 결심했습니다. 인간은 쥐의 몸에서 가장 먼 부분부터 순차적으로 잘라나갔습니다. 다리 전체를 대략 7등분하여 차근차근 잘라버렸습니다. 한 번 자르고, 정신 잃은 쥐를 깨우고, 두 번 자르고, 정신 잃은 쥐를 또 깨우고, 이런 식으로 이어갔습니다. 쥐는 지옥과 더 잔인한 지옥을 오가는 기분이었습니다. 결국 골절기로 네 다리가 다 잘려나갔습니다. 쥐에게도, 인간에게도 불쾌한 시간이었습니다.

몸통만 남은 쥐는 운동회 때나 볼 수 있는 콩주머니와 같았습니다. 인간은 쥐의 꼬리를 잡아 빙글빙글 돌리다가 콩주머니 모양의 쥐를 싱크대로 던졌습니다. 콩주머니가 박 대신 벽에 부딪쳤고, 원바운드로 싱크대에 골인했습니다. 인간은 콩주머니를 물로 대충 씻었습니다. 콩주머니를 꽉 짜자, 피와 물이 섞인 선홍빛 물이 뚝뚝 떨어졌습니다. 인간은 알고 있었습니다. 아직도 쥐는 죽지 않았습니다. 그렇습니다. 쥐는 참 대단한 생명력의 존재였던 것입니다.

인간은 쥐를 바로 슬라이서에 올리려다 말고, 다시 연육 망치를 들었습니다. 왼손으로 쥐의 몸통을 단단히 잡고, 흔들어 깨웠습니다. 쥐는 일어나지 않았습니다. 인간이 쥐의 귀에 대고 무지막지하게 큰 소리[19]를 질렀습니다. 그제야 쥐는 몸을 부르르 떨며 눈을 떴습니다. 인간이 다시 한번 쥐의 귀에 소리를 질렀습니다. 하지만 쥐는 아무것도 못 알아들은 듯 몇 차례 눈을 깜빡거렸습니다.

인간이 쥐의 꼬리를 연육 망치로 내려치자 쥐가 다시 살짝 정신을 차렸습니다. 인간은 쥐의 몸통에서 꼬리를 뜯어냈습니다. 고통에 정신을 잃었던 쥐가 잠시 눈을 떴을 때, 연육 망치로 머리를 사정없이 내려쳤습니다. 망치가 쥐의 머리에 빗겨 맞았습니다. 픽 하는 소리와 함께 쥐의 머리 반이 날아갔습니다. 머리에서 피가 주르륵 흘러내렸습니다. 마치 쥐의 뚜껑이 열린 것 같았습니다. 뇌가 두피 바깥으로 애벌레처럼 스멀스멀 흘러나왔습니다. 뇌에 작은 구멍들이 보였습니다. 마치 뇌가 스펀지 같았습니다.[20] 인간은 스펀지 모양의 구멍 난 뇌를 보고, 다시 연육 망치를 들었습니다. 그리고 다시 한 번 힘차게 내려쳤습니다. 바둑판 모양의 망치 자국이 선명하게 쥐의 머리에 새겨졌습니다. 물론, 머리는 쥐포처럼 납작해졌습니다.

머리가 터져 뇌수와 피가 줄줄 흐르는 쥐를 슬라이서에

....
19 김동은 대구·경북 인도주의실천의사협의회 사무국장·이비인후과 전문의, ''지옥의 소리' 음향 대포, 시민의 귀가 위험하다!' 〈프레시안〉, 2010년 10월 4일자.
20 CBS 지희원 기자, '우희종 교수 "CJD 사망자나 광우병소 뇌조직 사용했을 수도"' 〈노컷뉴스〉, 2011년 11월 29일자.

살포시 올렸습니다. 작동 버튼과 함께 기계가 움직였습니다. 인간은 규칙적으로 손잡이를 좌우로 움직였습니다. 쓱쓱쓱 대패질 소리가 나야 할 기계에서 굉음이 들렸습니다. 슬라이서의 칼날이 쥐를 얇게 썰지 못했습니다. 생각보다 단단한 쥐의 뼈 때문이었습니다. 쥐의 뼈 안은 무언가 딱딱한 것들로 가득 차[21] 있었습니다.

인간은 골절기를 다시 켜고, 쥐의 몸통을 세워 실톱에 통과시켰습니다. 위쪽 옆구리로 들어갔던 톱이 오른쪽 옆구리로 나왔습니다. 쥐는 그렇게 댕강 두 토막 났습니다. 피가 제법 많이 흘러나왔습니다. 인간은 장갑을 낀 손으로 쥐의 몸속 장기들을 마구 뜯어냈습니다. 툭툭 소리를 내며 장기들이 힘없이 몸에서 분리되었습니다. 뼈도 발라냈습니다. 발라냈다기보다 몸에서 뜯어냈습니다.

뜯어낸 장기와 뼛조각들을 싱크대에 던지고, 다시 슬라이서로 갔습니다. 속이 비고 뼈가 없는 쥐 몸통을 슬라이서에 올리고 전원을 켰습니다. 기계가 움직이자 인간이 손잡이를 좌우로 움직였습니다. 드디어 1밀리미터 두께로 얇게 잘

21 CBS 지희원 기자, '"뼛속까지 친일 · 친미"는 사실이었다'
〈미디어오늘〉, 2012년 6월 28일자.

린 첫 번째 쥐 고기 슬라이스가 나왔습니다. 기계가 이상 없이 잘 돌아갔습니다. 인간이 손잡이를 좌에서 우로 움직일 때마다 쓱싹쓱싹 쥐 슬라이스 미트가 나왔습니다. 슬라이스 미트는 차곡차곡 기계 하단에 쌓여갔습니다. 대패 삼겹살, 샤부샤부라는 단어가 절로 떠오를 만했습니다.

껍질을 벗기고 몇 차례 씻은 뒤 머리를 터뜨린 후, 속과 뼈를 발라서 얇게 자른 쥐 슬라이스 미트는 놀랍게도 전혀 쥐라는 느낌이 들지 않았습니다. 쥐의 형체는 온데간데없어졌습니다. 대신 슬라이스 치즈처럼 두께가 일정한 얇은 슬라이스 미트 여러 장이 생겼습니다.

인간은 벙커 바닥에 쥐 고기 슬라이스를 잘 펴서 널었습니다. 그리고 주변을 정리했습니다. 문을 열어둔 채 나왔습니다. 어디선가 시원한 바람이 솔솔 불어왔습니다.

며칠 뒤 인간이 벙커에 다시 들어왔을 때, 안은 퀴퀴한 냄새로 가득했습니다. 하지만 쥐 고기 슬라이스들은 잘 말라 있었습니다. 인간은 그것들을 유리병에 담았습니다. 대충 담은 것이 아니라 한 장, 한 장 정성스럽게 펴서 차곡차곡 잘 담았습니다. 마치 거래처 사장님께 드릴 명절 선물을 포장하듯 정성을 담뿍 실어 미니마우스 모양 유리병에 차곡차곡 넣었습니다. 미니마우스는 뭐가 그리도 좋은지 환하게 웃고 있었습니다. 입까지 헤벌리고 말입니다.

소

의사는 딸의 병이 'SvCJD'라고 말함. 무슨 말인지 알아듣
지 못해 눈만 깜빡거림.

운동회를 하고 돌아온 딸이 제대로 걷지를 못함. 똑바로
걸으라고 하자, 딸이 다리가 마음대로 움직이지 않는다고
말함. 운동회 때 너무 열심히 해서 그런 것이라고 걱정하지
말라고 말해줌. 남편이 딸의 아픈 다리를 주물러줌. 그 모습
에서 작은 평화를 느낌.

다음 날, 딸이 학교에서 쓰러졌다는 연락이 옴. 보건실에
서 딸이 억지로 웃고 있는 것을 봄. 누워 있던 딸이 침대에
서 일어나려다 쓰러짐. 딸을 부축해서 간신히 집에 옴. 지친
딸은 잠이 듦.

딸이 깨어나면, 모든 것이 좋아질 것이라는 막연한 기대
를 함. 일어난 딸은 앞이 보이지 않는다고 말함. 피곤해서
그럴지도 모른다고 대답함. 딸은 여전히 제대로 걷지 못함.
딸의 눈이 안 보인다는 말에 남편이 가장 놀람. 딸과 함께

병원에 감. 안과에서는 이상 징후가 없다고 함. 뇌에 문제가 생기면 시력이 나빠질 수 있다고 함. MRI를 찍기로 함. 병원을 옮겨 MRI를 찍음. 결과를 본 의사가 종합병원으로 가보는 것이 좋겠다고 함.

종합병원에서 'SvCJD'라는 진단을 들음. 이해할 수 없다는 표정을 짓자, 의사는 슈퍼 변종 크로이츠펠트 야콥병이라고 길게 설명함. 그때, 광우병임을 알게 됨. 의사는 일반적으로 변종 크로이츠펠트 야콥병이 광우병인데, 슈퍼 변종의 경우는 최근 캐나다에서 발견된 신종 광우병의 일종이라고 부연함. 광우병이라는 말을 듣자마자 남편이 의사에게 화를 냄. 오진이면 죽여버리겠다고 소리를 지름. 허공에 주먹질을 하는 남편의 모습을 보고 딸이 욺.

딸은 입원, 계속 병원에 누워 있음. 점점 걷기가 더 어려워지고, 발음이 부정확해짐. 의사는 조만간에 엄마, 아빠를 기억하지 못할 수도 있으니 마음의 준비를 하는 편이 나을 거라고 함. 뇌에 구멍이 생겨 스펀지 모양으로 변하는 과정이라고 말함. 그 후엔 쥐가 갉아 먹은 것처럼 흉하게 변할 것이라고 함. 일반적인 광우병의 경우는 잠복기가 5~10년이지만, 슈퍼 변종의 경우 잠복기가 특별히 정해져 있지 않다고 함.

미국산 수입 소고기를 먹은 적이 없는데 어떻게 광우병에 걸릴 수 있냐고 남편이 묻자, 의사는 집에서 먹지 않았다고 해도 급식이나 조미료, 라면 수프 등으로 섭취 가능하다고 함. 그나마 다행인 것은 일반 광우병은 발병 후 거의 즉사하는 반면, 슈퍼 변종은 그렇지 않은 것으로 알려졌다고 함. 하지만 그 죽음이 언제일지는 아무도 모른다고 함. 그 말에 더욱 절망함.

어느 한 곳이 부러진 사람처럼 몸을 비틀고 앞도 보지 못하고 누워 있는 딸을 보니, 순간 '차라리'라는 생각이 듦. 그런 생각을 한 스스로를 자책함. 누워 있는 딸보다 몸이 모두 부서진 아빠와 세상을 보지 못하는 남편이 더 낫다는 생각을 하자 한없이 절망스러워짐.

남편은 모두 자기 탓이라며 딸의 손을 잡고 큰 소리를 내며 욺. 답답해짐. 남편의 울음도, 병원의 공기도 싫어짐. 차라리 지구의 모든 공기가 다 없어져버렸으면 좋겠다고 생각함. 우는 남편과 딸을 병실에 두고 병원 밖으로 나옴. 병원 앞에서 기자 한 명이 취재를 하고 싶다고 말함. 기자를 피해 뜀.

병원 옆의 대학 캠퍼스를 목적 없이 걸음. 사람이 없는 곳을 찾아, 병원이 보이지 않는 곳을 찾아 걸음. 사람들을 피

172

해 걷다 보니, 아무도 없는 한적한 건물 뒤에 도착함. 캠퍼스 안에 있는 길이라고 하기엔 너무 좁다는 생각을 함. 좁고 긴 골목을 걸음.

거기서 쥐를 만남. 하늘에서 떨어진 듯 쥐가 갑자기 눈앞에 등장함. 쥐는 도망가거나 피하지 않음. 찍찍거리기도 하고 키득거리기도 함. 입에 무언가를 물고, 눈앞에서 어슬렁거림. 비웃고 있음이 명확하게 느껴짐. 숨이 막히면서 화가 치밂. 마치 쥐가 주변의 공기를 모두 갉아 먹는 것 같은 느낌을 받음. 쥐가 야비한 눈빛으로 바라봄. 그 눈빛이 너무 마음에 안 듦. 당장 쫓아가 잡아버리고 싶지만, 쥐의 당당함에 다소 주눅이 듦. 그때, 인생에서 쥐를 만났던 몇몇 순간이 떠오름. 남편이 눈을 잃은 날 찍찍거렸던 쥐, 아빠가 몸을 잃은 날 떠올랐던 쥐가 생각남.

쥐와 눈이 마주침.

바로 그 순간, 살의가 생김. 쥐를 잡아 가죽을 벗기고, 토막을 내고, 살을 발라 들짐승에게 뿌려버리고 싶은 욕구가 생김. 그러면 조금 평안해질 수 있을 것 같음. 쥐는 살의를 느꼈는지 슬슬 뒤로 물러남. 그리고 이상한 냄새를 풍기며 뒤돌아 빠르게 사라져버림. 숨을 못 쉴 정도로 공기가 탁해짐. 골목을 뛰어나옴.

반드시 쥐를 잡겠다고 결심함. 쥐를 잡아 가죽을 다 벗기고, 토막을 내서, 살을 발라버리겠다고 다짐함.

강

자전거에서 내린 인간은 강정고령보[22]에 서서 찬찬히 낙동강 상류를 바라보았습니다. 낙동강이 아주 천천히 흐르고 있었습니다. 그전에는 단 한 번도 본 적 없는 장관이 눈앞에 좌악 펼쳐졌습니다. 보고도 믿을 수 없다는 말이 절로 툭 튀어나올 뻔했습니다. 두 다리가 후덜덜 떨렸습니다. 두 눈을 싹싹 비비고 다시 봐도 역시 대단한 광경이었습니다.

유유히 흘러야 할 초록빛의 강물[23]은 제대로 흐르지 못하고 있었습니다. 누군가가 이 거대한 강을 녹차로 만들어 홀랑 다 마시려고 작정한 것 같았습니다. 파란 강 위에 초록 돗자리를 깔아놓은 것 같기도 했습니다. 강은 움직이기 힘

----

22 김선형 기자, 〈르포〉 낙동강 중류 달성보·강정고령보 '녹조띠''
〈연합뉴스〉, 2013년 8월 7일자.

23 백종규 기자, '녹조 전국 확산 조짐... 대책 마련 시급!' 〈YTN〉, 2013년 8월 21일자.

겹다는 표정을 짓고 있었습니다. 바위 구석구석에는 누군가가 쑥떡 반죽을 던져놓은 것 같았습니다. 새파란 하늘과 진초록 강의 만남은 그야말로 환상적이었습니다.

인간은 백팩에서 병을 꺼냈습니다. 앙증맞은 미니마우스 유리병이 가방에서 나왔습니다. 미니마우스는 입을 헤벌리고 방끗이 생쥐 미소를 짓고 있었습니다.

그 안에는 껍질을 살살 벗기고 물로 몇 차례 쓱쓱 씻은 뒤 머리를 퐁 터트린 다음, 속과 뼈를 싹 발라서 얇게 자른, 쥐라는 느낌이 전혀 들지 않는 쥐 슬라이스 미트를 바람이 솔솔 잘 통하는 곳에서 제대로 바싹 말려 만든 쥐포가 들어 있었습니다.

인간은 유리병 뚜껑을 열어 냄새를 맡아보았습니다. 콧구멍을 최대한 크게 벌린 뒤, 아주 크고 길게 숨을 들이마셨습니다. 냄새는 생각보다 나쁘지 않았습니다. 냄새를 제대로 음미한 인간은 유리병의 뚜껑을 꽉 돌려 닫았습니다. 그리고 (올)바른 일을 하는 손으로 유리병을 꽉 움켜쥐었습니다. 인간은 유리병을 쥔 채, 의미심장한 표정을 짓고, 저 멀리 하늘을 바라보았습니다.

잠시 뒤, 인간은 미니마우스 유리병을 녹색 강에 힘차게 던졌습니다. 유리병이 하늘 높이 날아올라 아름답고 커다란 포물선을 그리며 초록 강에 풍당 하고 빠질 것으로 예상했는데, 그만 손에서 찍 미끄러지는 바람에 보 바로 밑으로 퐁 하고 떨어져버렸습니다. 다행히 바위에 떨어지지 않아 깨지진 않았습니다. 유리병은 강물 속으로 폭 하고 잠시 사라졌다가 다시 녹색 옷을 입고 수면 위로 쑤욱 올라왔습니다. 물 위로 올라온 병은 움직일 생각을 하지 않았습니다. 녹색 땅에 박힌 듯 가만히 있었습니다.

하지만 인간은 언젠가 저 미니마우스 유리병도 어딘가로 흘러갈 것이라는 사실을 아주 어렴풋이 알고 있었습니다.

강에 병을 내던지려다 그냥 빠뜨린 인간은 강정고령보 자전거 종주 인증센터[24]에서 자신의 4대강 국토 종주 자전거 길 여행 패스포트[25]에 도장을 꾸욱 찍었습니다. 그리고 다시 자전거에 몸을 실었습니다. 페달을 힘차게 밟았습니다. 인간의 다음 목적지는 칠성보였습니다. 날씨가 너무 더운 탓인지 너무나도 시원스럽게 잘 닦인 자전거 길에 자전거는 한 대도 보이지 않았습니다.

인간이 떠난 자리에 왠지 장엄한 음악이라도 흘러나와야

....

24 전형준 기자, '자전거 길 인증제란' 〈뉴시스〉, 2012년 4월 29일자.
25 정우천 기자, '4大江 자전거 길 종주 도전해보세요' 〈문화일보〉, 2012년 4월 19일자.

할 것 같았습니다. 쥐가 즐겨 들었다던 그 음악이 어울릴 것
같았습니다.

구속

나는 국토 종주를 마치고 4대강 국토 종주 자전거 길 여
행 패스포트를 들고 경찰서로 찾아갔다. 슬픈 표정의 경찰
들은 기다렸다는 듯 나를 잡아 수사를 시작했고, 텔레비전
과 신문에서는 매일매일 내 이야기가 나왔다. 난 괜찮았다.
어차피 텔레비전과 신문은 거짓말투성이니까 사람들은 믿
지 않을 것이라고 생각했기 때문이다. 나를 욕하는 사람들
도 많았다. 그들은 나에게 '인간'도 아니라고 했다. 하지만
역시 괜찮았다. 어차피 세상엔 인간 같은 인간은 많지 않다
고 생각했기 때문이다. 미쳤다는 사람도 많았다. 하지만 남
편과 아빠와 자식을 잃고도 미치지 않고 사는 것이 이상한
것 아닐까?
결국, 나는 대한민국 동물보호법에 따라 감옥에 가게 되
었다. 대한민국에서는 고통을 느낄 수 있는 신경 체계가 발
달한 척추동물, 특히 포유류 등을 잔인한 방법으로 죽이면

안 된다고 한다.

물론, 쥐는 고통을 느끼는 신경 체계가 발달한 척추동물이고, 난 꽤 잔인한 방법으로 쥐를 죽여버렸다. 하지만 아쉽게도 법원은 그 쥐가 얼마나 많은 사람을 죽였는지에는 관심이 없었다. 아직 사람을 죽인 쥐에 대한 법이 대한민국에 없는 까닭이다.

그리지 못해 쓴 이야기 04:
형形

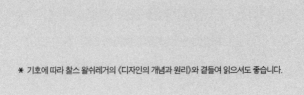
✻ 기호에 따라 찰스 왈쉬레거의 《디자인의 개념과 원리》와 곁들여 읽으셔도 좋습니다.

그럴 때가 있다.

꿈인지 생시인지 구분이 가지 않을 때.

꿈속에서 너무 슬픈 일이 벌어져 잠에서 깼는데도 계속 눈가에 눈물이 고여 있는 경우. 심지어 그 눈물이 주르륵 볼을 타고 흐르는 경우.

기시감, 역시 이와 비슷한 경우.

유럽의 어느 도시를 걷고 있다.

당연히 그 도시를 가본 적이 없고, 심지어 거리의 이름도 생경하고, 거리의 간판들이 무슨 말인지 읽을 수조차 없다. 하지만 낯설지 않다. 발바닥에 느껴지는 촉감이 익숙하고,

저 골목을 돌면, 어떤 가게가 나올지 알 것만 같다. 처음 들어간 상점의 진열대가 낯익고, 외국어로 묻는 주인장의 목소리가 귀에 익다. 이미 본 것 같은 바로 그 느낌.

데자뷔.

작은 디자인 회사에 원서를 내고, 연락이 오길 기다리는 중이었다. 직원이 네 명인 작은 회사였지만, 업계에서는 나름 주목받는 회사였다. 직원 넷과 아르바이트생만으론 더 이상 일을 감당할 수 없어서 사람을 뽑는다고 했다. 책상에 앉아, 서류 전형에 통과했다면 지금쯤 전화가 와야 할 텐데, 하고 생각하던 차에 전화벨이 울렸다. 모르는 번호였다. 모르는 목소리였다.

— 디자인 선포입니다.

기다리던 전화였다. ○○월 ○○일 ○○시까지 ○○로 오라고 했다. 면접 준비를 좀 철저히 해달라는 말도 덧붙였다. 면접은 사적인 것보다는 업무적인 것, 특히 디자인의 기본을 많이 묻는다고 했다. 사적인 것들은 입사한 뒤에 천천히 알아가도 되지만, 기본이 부족한 경우에는 같이 일하기가 곤란하기 때문이라고 줄줄줄 말을 늘어놓았다.

디자인의 기본?

○○일까지는 시간이 좀 남았지만, '기본'이라는 말에 당

황하지 않을 수 없었다.

기본에 대해 묻는다. 그런데 면접에서 떨어진다. 그러면 기본도 모르는 디자이너가 되는 것인가?

모니터를 켜고 검색으로 기본적인 것들을 좀 캐보려고 했지만, 좀처럼 마음에 드는 '기본'이 눈에 보이지 않았다. 왠지 기본적인 것들은 웹에 뿌려져 있지 않고, 종이에 새겨져 있을 것 같다는 생각이 들었다. 노트북을 끄고, 책장을 둘러보았다. 읽을 만한 책도, 읽은 책도 없었다. 이가 듬성듬성 빠진 노인처럼 책장이 드문드문 비어 있었다. 그나마 기본에 근접한 책이라곤 《디자인의 개념과 원리》, 딱 한 권뿐이었다.

책을 펼쳤다. 그리고 가상의 면접 상황을 머릿속에 그리며 책장을 넘겼다. 책을 읽으며 예상 질문을 만들고, 책을 보고 대답해보았다. 술술 될 리가 없었다. 하지만 멈출 수도 없었다. 책장은 가기 싫은 학교를 가는 학생의 발걸음처럼 더디게 움직였다. 하지만 왠지 책 안에 모든 답이 숨어 있을 것만 같았다. 그 책을 통해야만 합격의 길이 열릴 것 같았다. 책 안으로 기어들어갔다.

슬그머니, 슬그머니.

문을 여니, 그 안에 사람들이 많았다. 그 사람이 다 그 사람처럼 보였다. 사람들이 줄지어 있었다. 마지막에 섰다. 어디가 시작인지 알 길이 없었다. 그저 기다리는 방법뿐이었다. 조금씩 줄이 줄어드는 것을 보니, 언젠가 차례가 오긴 올 것 같았다. 사람들은 서로 말을 섞지 않았다. 사람들의 말소리는 전혀 들리지 않았다. 이상한 음악이 흐르고 있었는데, 화이트 노이즈라고 하기엔 너무 컸고, 무드음악이라고 하기엔 엇박자가 너무 많았다. 덜컹거리며 산행을 하는 기차처럼 방 안의 모든 사람이 줄줄이 어디론가 올라가는 느낌이 들었다. 시간 개념마저 사라지게 하는 오묘한 분위기였다. 만약 그 안에 시계가 있었다면, 기다림이 더더욱 잔인하게 느껴졌을 것이다. 아무도 지루함을 티 내지 않았다. 혹시 사후 세계가 있다면 이런 분위기가 아닐까, 하는 생각이 들 정도였다. 사방은 새하얀 벽으로 둘러싸여 있었고, 평범하지 않은 음악이 쉬지 않고 반복적으로 흐르고 있었으며, 기다리는 사람들의 표정은 마치 복제품처럼 천편일률적이었다. 중대한 심판을 기다리는 자들처럼 왠지 모르게 조금 두렵기도 했고, 조금 설레기도 했다. 줄이 천천히 줄어들고 있었다. 드디어 줄의 맨 앞이 보였다. 책상이 하나 있었다. 그리고 누군가 앉아 있었다. 잘 보이진 않았지만 언뜻 보아도, 디자인의 기본 정도는 알게 생긴 얼굴이었다. 디자인의 기본을 알 듯하게 생긴 자가 한 명 한 명에게 질문을 하는 것 같았다. 물론 들리지는 않았다. 하지만 사람들의 고개가 좌우 혹은 상하로 움직이는 것이 보였다. 질문에 대답을 한 사람들은 기본을 알 만한 자의 지시대로 방 안으로 들어갔다. 그런 뒤 무슨 일이 생겼는지는 알 수 없었다. 모든 것이 처음 본 게 확실했지만, 어색하지 않았다. 언젠가, 어디선가 벌어졌던 일같이 느껴졌다. 직접 겪어본 적은 없지만, 적어도 브라운관이나 스크린으로 본 적이 있는 신(Scene) 같았다. 앞에 서 있던 사람들이 하나둘씩 방 안으로 사라졌다. 앞에 세 명 정도가 남았을 때, 어떤 대화가 들렸다. 기본을 알 만하게 생긴 자가 이렇게 물었다.

— 당신과 가장 비슷한 도형이 뭐라고 생각하십니까?

질문을 받은 사람의 당혹감이 뒤통수에 고스란히 비쳤다.

— 음.

기본을 알 만하게 생긴 자는 한숨을 내쉰 뒤 물었다.

— 스스로 생각을 하지 못하시는 것 같습니다. 예를 드리겠습니다. 동그라미, 세모, 네모 중에서 골라보십시오.

자신감 없는 입에서 대답이 흘러나왔다.

— 세모요.

기본을 알 만하게 생긴 자는 고개를 끄덕이며, 문을 지시했다. 세모를 닮았다고 생각한 남자는 문 안으로 들어갔다. 축 처진 어깨를 보니, 정말 삼각형이 연상되긴 했다. 그다음 남자도 세모를 외쳤고, 그다음 남자는 전혀 동그라미스럽지 않음에도 불구하고 동그라미를 외쳤다. 선택한 도형과는 상관없이 그들은 모두 그냥 문으로 들어갔다. 기본을 알 만하게 생긴 자가 내게 물었다.

— 당신과 가장 비슷한 도형이 뭐라고 생각하십니까?

세모나 네모, 동그라미에 식상한 나머지 '마름모'라고 대답해버렸다.

— 마름모도 큰 틀에서 보면 네모입니다.

그렇긴 했다. 말문이 막혔다. 지시가 떨어지기도 전

에 스스로 문을 향해 걸었다. 문고리를 돌렸다. 긴 복도가 있었다. 투명한 바닥이 깔려 있었다. 바닥을 통해 아래층을 볼 수 있었다. 아래층에는 먼저 질문을 받고 사라졌던 사람들이 보였다. 그들은 이미 사람의 형상이 아니었다. 도형처럼 변해 있었다. 동그란 사람, 네모난 사람, 세모난 사람. 내 눈을 믿을 수 없어야 마땅했지만, 이 역시 어디서 본 것 같았다. 영화는 아닌 것 같았고, 드라마도 아닌 것 같았고, 그렇다면 애니메이션이 아닐까 하는 생각이 들었다. 일본 애니메이션풍은 아니었고, 월트디즈니 스타일은 더더욱 아니었고, 유럽 애니메이션의 한 장면 같았다. 소련 시절에 만들어진 러시아 애니메이션 같기도 했다. 도형이 된 사람들은 또다시 줄을 서 어딘가로 갔다. 투명한 바닥 길의 끝에는 커다란 기계가 있었다. 기계 앞에는 환영한다는 문구가 붙어 있었다. 이해할 수 없었다. 무엇을 환영한다는 것이며, 저 도형 인간들은 도대체 어디로 가고 있는 것인지. 기계 앞에서 머뭇거렸다. 그럴 수밖에 없었다. 하지만 결국 그 안으로 들어가야 함을 깨달았다. 기계 앞에 바짝 다가섰다. 문 비슷한 것이 열렸다. 그 안으로 한 발을 넣었다. 바닥에서 컨베이어 벨트가 돌았다. 앞서 기계 안으로 들여놓은 발이 멀어졌다. 뒷발을 기계 안으로 넣으니, 벨트를 따라 몸이 어딘가로 실려 갔다. 어깨 위로 압박감이 느껴졌다. 사방이 어두워졌고, 신체에 힘이 가해졌다. 아프지는 않았지만, 유쾌한 느낌은 아니었다. 기체가 몸을 눌러 주무르는 것 같았다. 몸이 찰흙처럼 변형되는 듯했다. 허리춤과 골반이 양옆으로 쭉 늘어나고, 다리는 몹시 가늘어지고, 머리가 삼각형이 되어버리는 것 같았다. 다시 사방이 환해졌을 때 왠지 모르게 마음이 평온해졌다. 문 비슷한 것이 다시 열렸다. 들어왔던 곳과 반대편이었다. 계단이 있었다. 계단을 따라 내려갔다. 도형 인간들이 보였다. 그 행렬에 합류했다. 행렬은 길었지만, 움직임이 꽤 빨랐다. 무언가의 일부가 된 느낌이었다. 하지만 이 역시 어색하지 않았다. 그저 앞만 보고 움직였다. 뒤나 옆을 볼 겨를이 없었다. 도형 인간들도 앞만 보고 있었다. 일렬로 늘어선 도형 인간들이 장관을 이뤘다. 사진기나 핸드폰이 있다면 담아두고 싶은 광경이었다. 한참을 걷다 보니, 세 갈림길이 나왔다. 뒤에서 보아하니, 형태별로 나눠져 각자의 길을 가는 것 같았다. 동그라미 인간은 동그란 길로, 네모 인간은 네모난 길로, 세모 인간은 세모난 길로.

갈림길에서 잠시 고민하다가 네모 인간들을 따라갔다. 마름모도 네모니깐. 눈앞에 네모의 긴 줄이 펼쳐졌다. 지평선 끝까지 네모들의 줄이 보였다. 아주 오래 걸어야 할 것 같다는 예감이 들었다. 시간을 정하지 않고, 트레드밀에서 뛰어야 하는 처지가 된 것이다. 시간 개념이 사라진 판국이라 얼마나 걸었는지 얼마나 뛰었는지는 정확히 알 수 없었지만, 오랜 시간이 흘렀다는 것은 확실했다. 하루 이틀은 아닌 것 같았다. 어쩌면 몇 달, 혹은 몇 년이 지났을지도 모른다는 생각이 들었다. 하지만 힘들지도 괴롭지도 않았다. 심지어 배고프지도 졸리지도 않았다. 어색하지도 놀랍지도 않았으며, 그 길을 벗어나고 싶지도, 더 빨리 달리고 싶지도 않았다. 그저 그렇게 흐르는 대로 두고 싶었다. 그렇게 끝날 것 같지 않던 길이 끝났다. 앞서 가던 네모 인간들이 하나둘씩 사라졌다. 어디론가 떨어져버린 것이다. 차례대로 왔던 것처럼 차례대로 차곡차곡 아래로 떨어졌다. 소리를 지르는 이도, 떨어짐의 운명을 거부하는 이도 없었다. 그저 다들 받아들이고 있었다. 죽는 것도, 사라지는 것도 아니었기 때문에 그랬을지도 모르겠다. 받아들이는 것 이외의 방법이 없었기 때문이었는지도 모르겠다.

차례가 되었다. 소리를 지를 틈도 없었다. 팔을 버둥거리릴 필요도 없었다. 어차피 떨어질 것이라면 그냥 냉정하고 담담하게 떨어지는 것이 좋았다. 금세 바닥에 널브러질 줄 알았는데, 그렇지 않았다. 고속 촬영을 한 듯사방이 천천히 하강하고 있었다. 먼저 떨어진 네모 인간이 앞에 보였다. 왼편에서는 동그라미 인간들이 계속떨어지고 있었다. 오른편에는 세모 인간들이 하강하고있었다. 네모 인간, 동그라미 인간, 세모 인간들이 간격을 맞춰 비처럼 마구 떨어져 내렸다. 하강의 종착지는초대형 깔때기였다. 세 군데서 떨어진 도형 인간들은커다란 깔때기로 들어가 어디론가 사라졌다. 네모, 세모, 동그라미 구분 없이 합쳐져 어디론가 떠내려갔다.머리가 깔때기에 닿았다. 생각보다 아팠다. 익숙한 아픔이었다. 깔때기 안쪽으로 몸이 굴러 들어갔다. 왠지그 안으로 들어가면 안 될 것 같았다. 하지만 몸뚱어리는 속절없이 그 안으로 뒹굴고 있었다. 우당탕탕탕!

또 우당탕탕탕!

머리가 아팠다.

《디자인의 개념과 원리》는 개념 없이 방바닥에 떨어져 있었다. 어딜 다녀온 것 같기도 했고, 잠깐 졸았던 것 같기도 했고, 그냥 책을 읽고 있었던 것 같기도 했다. 확실히 전에도 이와 비슷한 일이 있었다. 어딘가에서 면접을 보러 와달라고 요청했고, 가고 싶은 마음도 별로 없으면서 그 면접을 생각했고, 괜히 면접을 준비했다가 결국 가지 않았던.

여전히 책장은 비어 있었다. 듬성듬성 군데군데 꽂혀 있던 책들을 제일 위 칸부터 차례차례 꽂아 정리했다. 그러나 책장이 반도 차지 않았다. 이러나저러나 책장은 이 빠진 노인 같은 인상이었다. 다시 책을 들었다. 책장을 펴고 다시 시작해보려고 했다.

눈에 들어올 리 없었다. 분명히 한글로 쓰인 책인데도, 읽히지 않았다. 그래도 그냥 보고 있었다. 책 속에서 네모, 세모, 동그라미가 둥둥 떠다닐 뿐이었다. 왠지 낯설지 않은 풍경이었다.

왠지.

빙글빙글 돌고

-알퐁스 도데를 위한 '웃픈' 오마주

✱ 기호에 따라 알퐁스 도데(Alphonse Daudet)의 《별》을 곁들여 읽으셔도 재미있습니다.
혹은 강병융의 《상상인간 이야기》를 곁들여 '사서' 읽으시면 작가의 삶이 윤택해집니다.

산 위(1)

제가 아프리카 대륙의 북쪽 섬나라 스카리니아(Skarinia)의 그라산(Goora 山)[2]에서 '닭 치고' 있을 때 이야기입니다.

몇 주 동안 사람이라고는 코빼기도 구경하지 못하고, 닭 떼를 지키며, 사냥 묘(猫)인 스호시(sfosi) 고양이[3]를 상대로 대화를 나누고 있을 때였습니다. 물론, 스호시 고양이는 인

....

2 그라산은 아프리카의 섬나라 스카리니아에 있는 유일한 산이다. 활화산으로 분류되며, 아직도 화산 폭발 위험에 노출되어 있다. 1975년 화산 폭발로 무려 2541여 명의 목숨을 앗아갔다. 한때는 영험한 산으로 스카리니아 사람들이 신성시하기도 했지만, 현재는 거의 버려진 채 도심에 방치되어 있다(전상훈, 《아프리카 산행기》, 총명출판사, 2008, 218쪽).

간의 말을 못했습니다. 야옹야옹거릴 뿐이었습니다.

진정 지루한 나날들이었습니다.

이따금 가다키(gadaki) 구렁이[4]가 능구렁이처럼 슬금슬금 기어와 닭 떼를 노리는 일도 있었고, 마을 어른들 몰래 음주를 즐기는 '겁머리' 없는 학생들이 '드가(dga)'[5] 몇 병을 들고 산으로 올라오기도 했습니다. 하지만 동물도 사람도 제게 말을 걸지는 않았습니다. 그들은 제가 좀처럼 입을 열지 않는 순박한 존재라고 믿었을 것이 뻔합니다. 어떤 사람들

----

3 식육목 고양이과. 원래 페르시아가 원산지이나 지금은 아프리카와 북동유럽에 많이 서식한다. 생선만큼 과일을 좋아하고, 그중에 체리를 무척 좋아한다. 버린 음식을 잘 먹지 않는 일반적인 애완 고양이와는 달리 주인이 버린 음식을 아주 좋아하는 습성을 지니고 있어서 한때 최고의 반려동물로 각광받았으나, 세계 경제위기 이후에 멸종위기로 지정되었다(이정호, 《고양이 대백과》, 도서출판 오무, 2009, 218쪽).

4 뱀목 코브라과로 길이는 0.1~20미터까지 다양하다. 주로 남아프리카와 중유럽에 살고 있다. 본래 육식을 즐기는 습성이 있으나, 27년 전부터 아프리카 지역의 기근으로 최근에는 초식동물의 습성을 띠며 살고 있다. 다른 뱀들을 잘 따라하는 습성 때문에 한때, 아프리카의 동물원 등에서 큰 인기를 끌었지만, 전 세계적 야채 가격의 폭등으로 6345마리가 안락사되는 수난을 겪었다(류기청, 《뱀에 관한 다양한 고찰-아프리카 편》, 유니콘, 2012, 27쪽).

5 그라산 자락의 계곡물과 인근 강변에서 자란 수중식물로 만든 증류주이다. 기원전 9세기경부터 스카리니아 사람들이 마시던 전통주인데, 예로부터 눈에 좋은 술로 알려져 있다. 하지만 최근 들어 시력 향상에 도움이 된다는 과학적 증거가 없다는 발표가 나면서 그 수요가 급격히 줄었다. 현재는 스카리니아 국립 주류 박물관에서만 구입할 수 있다(이무원, 《세계 주류의 허와 실》, 콜라도프레스, 2006, 120쪽).

은 저를 양치기로 착각해, 거짓말이나 일삼는 '닭치기' 정도로 생각했을지도 모릅니다.

이렇다 보니 저는 2주(혹은 3주)에 한 번씩 보름치 양식을 실어다 주는 우리 농장의 노새 방울 소리가 들려오기만 기다리고 있었습니다. 짤랑짤랑 방울 소리가 언덕 너머로부터 들려오면 그야말로 행복, 그 자체였습니다. 노새와 함께 꼬맹이 미아로가 올 때도 있었고, 노라드 아줌마가 올 때도 있었습니다. 누가 오든 사실 그건 중요하지 않았습니다.

그때마다 저는 산 밑에서 보름 동안 무슨 일이 있었는지 캐물었습니다. 물론, 어느 집 어린이가 영세했는지 따위에는 전혀 관심이 없었습니다. 어느 집 하인이 바람났는지도 별로 관심이 없었습니다. 그저 주인댁 따님에게만 관심이 무진장 쏠렸습니다. 스카리니아에서 가장 예쁜 스페타네트 아가씨. 아가씨를 생각하면서 이름을 조용히 불러봅니다.

스.페.타.네.트.

그 이름도 너무 아름답습니다. 스페타네트! 절대 스테파네트가 아닙니다.

그리고 크게 티를 내지 않으며 은근슬쩍 아가씨의 동정을 물었습니다. 밤마실을 자주 나가는지, 칵테일파티는 좋아하는지, 집적거리는 남정네들은 없는지, 그런 것들이 궁금했던 것입니다. 만일 그때 노라드 아줌마가 "야! 산에서 닭이나 치는 주제에 그딴 거 알아서 뭐하게? 닥쳐!"라고 했더라도, 전 기죽지 않고 이렇게 말했을 것입니다.

그때, 내 나이 스무 살이었다고!

그리고 스페타네트는 지금까지 한평생 내가 보아온 생명체들 중에 가장 아름다웠노라고!

아름다운 스페타네트 아가씨를 욕되게 하지 말라고!

산 아래(1)

— 스페타네트? 이름이 그게 뭐냐? 그리고 뭐? 성스럽고 순결하게? 뭔 개소리야? 별이 잠들어 있긴, 뭔 잠이 들어 있어? 요즘 시대에 별이 어디 있다고. 아름답긴 뭐가 아름다워. 그렇게 생긴 여자들은 길거리에 차고 넘친다고! 그게 사랑이냐? 푸하하하하하하.

D의 입에서 평소에 듣기 쉽지 않은 말들이 튀어나왔다. 음식물 덩어리도 함께 마구 튀어나왔다. 괜히 말했구나, 싶었다. '별과 아가씨와 그라산'에서의 내 추억은 그렇게 마

구, 아니 간단히 짓밟혔다. 난 D의 방에서 조용히 일어났다.

사실 D의 말이 맞았다. 산 아래에는 아가씨 같은 사람들이 너무 많았다. 모두 어쩜 저렇게 다 똑같을 수 있을까, 싶었다. '쭉쭉빵빵하다'는 말 이외에 설명이 불가능한 152센티미터의 키, 그리고 무지하게 아담한 132킬로그램의 몸무게. 그리고 땡글땡글한 뿔테 돋보기안경에, 새까만 얼굴에 난 덕지덕지 애교 만점 여드름 덩어리, 그 위를 뒤덮은 두터운 파운데이션. 게다가 두툼한 살덩어리로 만들어진 삼중턱. 뿐만 아니라 옆구리 밖으로 활화산처럼 터져버릴 듯 붙어 있는 살점들까지.

정권이 바뀌고 이상하리만치 조류독감이 자주 발생했다. 다행히도 내가 돌보던 닭 떼들은 문제가 없었다. 나에겐 잘못도, 문제도 없었다는 말이다. 그럼에도 농장 주인, 그러니까 스페타네트 아가씨의 아버지는 나를 해고했다. 물론 해고하기 전에 다양한 욕을 해댔다. 임금 체불은 두말할 나위도 없고.

그리고 괴상한 소문이 나버렸다. 조류독감의 원흉이 '나'라는 소문. 소문은 독감처럼 잘 퍼졌다. 거짓말 잘하는 양치기 소년이라고 오해받는 것은 그럭저럭 참을 수 있었지만, 조류독감의 원흉이라는 누명은 너무 억울했다. 뿐만 아니다. 오골계의 인기도 하락했다. 오골계는 거의 멸종 직전에 이르렀다. 그래서 다른 곳에 취직하기도 어려웠다. 가다키 구렁이나 스호시 고양이가 사라진 것처럼 오골계도 점점 줄어갔다. 마치 더 이상 아무도 전통주인 드가를 마시지 않는 것과 같았다.

사람들은 사라지는 것에 관심이 없었다. 새로 나오는 것들에 관심을 갖기도 바빴기 때문에. 그나마 위안은 '나'는 사라져버리지 않았다는 것 정도였다. 나는 사라지는 대신 하산했다.

스스로 산에서 내려왔다.

그라산에서 닭치기로 일하고 있을 때, 가끔 내려왔던 마을과는 사뭇 다른 느낌이었다. 돌아갈 곳이 없다고 생각하니 뭔가 내적으로 더 강렬한 에너지가 생기는 것 같았다. 마을의 몇몇 지인은 내게 공부를 하라고 했다. 이미 20대 중반이었는데, 공부라니. 공부가 싫어 산에 올라갔던 것인데.

당시 정부는 산에서 내려온 사람들을 위해 여러 가지 특별 정책을 시행하고 있었다. 난 다행스럽게도 그 프로그램의 혜택을 볼 수 있었다. 그래서 스카리니아 말 말고도 몇 가지 언어를 할 수 있게 되었다. 지인들은 늘 그렇듯, 시시때때로 조언을 아끼지 않았다. 외국어를 많이 해야 취직할 수 있다는 말씀. 공부에는 나이가 없다는 말씀.

어르신들의 말씀대로, 지인들의 조언에 따라 라이베리아와 부르키나파소에서 쓰는 말들을 배웠다. 그 외에 별다르게 할 수 있는 일이 없었다. 기술을 배울 수도 있었지만, 몸 쓰는 일은 더 이상 하고 싶지 않았다. 그러다 정부의 또 다른 프로그램 덕분에 시장에 취직할 수 있었다. 역시 취직은 실력이 아닌, 운이라는 확신이 다시 한번 들었다.

24시간 음식을 파는 곳이었다. 사람들은 이를 편의상 '편의식당'이라고 불렀다. 난 주로 야간에 일을 했고, 아주 가끔씩 라이베리아 사람이나 부르키나파소에서 온 노동자들을 볼 수 있었다. 하지만 그들이 스카리니아 말을 곧잘 했기 때문에 내가 외국어를 쓸 일은 거의 없었다. 외국어란 취직하는 데는 도움이 되지만, 취직 후에는 별로 도움이 되지 않는다는 생각을 자주 했다. 편의식당 일은 외국어는 물론 다른 기술도 특별히 필요 없었다. 닭치기 생활에 비하면, 몸도 마음도 편했다. 사람들이 원하는 대로 음식이나 음료를 주고 돈을 받으면 그만이었다. 일찍 일어날 필요도 없었고, 말 못하는 닭들의 의중을 읽을 필요도 없었고, 날씨를 미리 예측할 필요도 없었고, 심심해서 별자리 책이나 혈액형 책을 읽을 필요도 없었다. 식당에는 초대형 텔레비전이 있었다.

음식들 중 일부는 터무니없이 비싸거나 질이 떨어지긴 했지만, 건강의 문제를 일으킬 정도는 아니었다. 편의식당의 주인은 특히 외국인 노동자들에게 폭리를 취하는 것이 중요하다고 여러 번 강조했다. 그래서 난 그들에게 쥐를 구워 만든 고기를 라이버스(Raybus)[6] 양꼬치라고 속여 팔기도 했다. 세상에 라이버스 양꼬치가 있을 리 만무했음에도, 그들은 그걸 믿고 맛있게 먹었다. 어쩌면 믿지는 않고 맛있게 먹기만 했을지도 모르겠다. 아무튼 덕분에 내가 아닌, 주인은 돈을 많이 벌 수 있었다.

그렇게 시나브로 마을 사람이 되어갔다. 산 '아래' 사람이 되어가고 있었다.

일을 다시 시작했을 무렵, 사람들은 이미 지나간 조류독감을 기억하고 있지 않았다. 내가 조류독감 때문에 하산했다고 했을 때, 몇몇은 그게 뭐냐고 되묻기도 했다. 그들에게

---

6 라이버스가 기린과 양 사이에서 만들어진 개체라는 설도 있지만, 일반적이지는 않다. 대부분의 동물학자들은 라이버스를 단순한 돌연변이로 보고 있다. 라이버스의 겉모습은 다른 소목 솟과 양속의 동물들과 달리 긴 목을 가지고 있다. 목살이 맛있다는 이유로 한때 아프리카의 대표 육류로 각광받았지만, 현재는 거의 사라져 '전설의 동물'로 불리고 있다. 마지막으로 발견된 것이 1988년 수단으로 기록되어 있다(이광수, 《양들의 외침》, 도시사, 2009, 432쪽).

과거는 없었다. 새로 다가올 것들을 기억해야 한다는 강박이 컸기 때문이다.

나 역시 과거를 잊고, 편의식당에 앉아 하염없이 손님을 기다리는 일로 약간의 돈을 벌며 살아갔다.

산 위(2)

식량을 기다리던 어느 금요일이었습니다.

눈, 코, 턱, 혀 등이 쏙 빠질 지경으로 기다리고 기다렸지만 짤랑짤랑 방울 소리가 들리지 않았습니다. 꼬맹이도 아줌마도 보이지 않았습니다. 아침나절에는 이렇게 생각했습니다. 오늘 중요한 미사가 있어서 조금 늦는 걸 거야. 종교활동은 신성한 것이니까. 점심때쯤이 되니 우박이 쏟아졌습니다. 닭들은 난리가 났고, 스호시 고양이는 태연하게 나무 밑으로 몸을 숨겼습니다. 우박이 그치면 올 거야. 노쇠한 노새가 우박까지 맞으면 안 되잖아. 우박에 맞아 죽어버릴지도 몰라. 노새를 생각하며 초조함을 달랬습니다. 구렁이 한 마리 보이지 않는 낮이었습니다.

드디어, 3시쯤 내리던 우박이 싹 멈췄고, 거짓말처럼 구름

들이 하늘 위로 쏙 빨려들어갔으며, 찬란한 빛이 그라산을 쫙 덮었습니다. 살랑대는 바람에 나뭇잎이 팔랑거리는 소리가 들렸고, 새들이 지저귀는 소리도 들렸고, 이윽고 짤랑짤랑 방울 소리도 들렸습니다. 성탄 전야에나 들을 만한 산타 썰매 종소리였습니다. 그날따라 노쇠한 노새도 발랄해 보였습니다. 그런데 노새와 함께 보이는 사람이 꼬맹이 미아로가 아니었습니다. 아줌마 노라드도 아니었습니다.

누구였을까요?

맞습니다. 아가씨였습니다. 스페타네트 아가씨! 스페타네트 아가씨!

아가씨가 노새 등에 탄 채 저에게 다가오고 있었습니다. 신비롭게도 아가씨가 가까이 올수록 짤랑 소리가 작아졌습니다. 새들도 조용해졌고, 나뭇잎도 더 이상 움직이지 않았습니다. 바람도 멈췄고, 구름 없는 하늘에서 내리쬐던 빛도 멈춘 것 같았습니다. 아가씨를 제외한 모든 세상이 그대로 멈춰버린 것 같았습니다.

꼬맹이 미아로는 단것을 너무 많이 먹어 이가 아파서 누워 있고, 아줌마 노라드는 휴가를 내고 도망간 남편을 찾아 나섰다고 했습니다. 아름다운 스페타네트 아가씨는 노새에서 내려 마을의 모든 소식을 전해줬습니다. 오는 도중에 길을 잃었기 때문에 늦었다는 이야기도 들려주었습니다. 우박 때문에 고생한 이야기도 했습니다.

아가씨의 빨강과 파랑이 조화롭게 어우러진 고깔모자가 아름다웠습니다. 분홍색 주름 미니스커트 역시 아름다웠습니다. 회색 조끼에 초록색 체크 남방 또한 아름다웠습니다. 그건 분명 길을 잃고 고생한 모습이 아니었습니다. 한 떨기 꽃이었습니다. 오! 아름다운 그 모습! 보고 또 봐도 보고 싶은! 제 눈은 지겨운 줄도 모르고, 다른 것을 볼 줄도 몰랐습니다. 오직 아가씨만 봤습니다. '쭉쭉빵빵하다'는 말 이외에 설명이 불가능한 152센티미터의 키, 그리고 무지하게 아담한 132킬로그램의 몸무게. 그리고 땡글땡글한 뿔테 돋보기 안경에, 새까만 얼굴에 난 덕지덕지 애교 만점 여드름 덩어리, 그 위를 뒤덮은 두터운 파운데이션. 게다가 두툼한 살덩어리로 만들어진 삼중 턱. 뿐만 아니라 옆구리 밖으로 활화산처럼 터져버릴 듯 붙어 있는 살점들까지.

너무 아름다웠습니다. 너무너무.

사실, 전 그때까지 그렇게 가까이서 아가씨를 본 적이 없었습니다. 언젠가 일이 있어 마을에서 잠시 지냈던 때가 있었는데, 그때 오다가다 잠시 봤을 뿐입니다. 아주 스치듯. 하지만 사랑에 빠지기에는 충분했을지도 모르겠습니다. 멀리서도 아름다웠던 아가씨. 스치기만 했는데도 사랑에 빠지게 만들었던 스페타네트. 그런데 바로 그 아름다운 아가씨가 제 앞에 서 있던 것입니다. 그라산 정상에는 저와 아가씨밖에 없었습니다. 단둘이. 물론 닭 떼들과 고양이가 있긴 했지만요.

상상해보세요.

우박이 다 내린 청명한 오후, 닭 떼들이 둘러싸고 있는 가운데 저와 아가씨가 단둘이 있었습니다. 고양이는 야옹야옹 기분 좋게 울고. 아가씨가 저를 직접 찾아온 것입니다. 그러니 그만하면 넋을 완전히 놓아도 괜찮을 상황 아닙니까?

스페타네트 아가씨는 노새에서 각종 식료품을 내려놓고 그라산 정상을 천천히 둘러보았습니다. 아주 신기하다는 눈빛으로 닭들을 보고, 스호시 고양이도 쓰다듬었습니다. 고양이는 평소처럼 고양이의 언어로 인사를 했습니다. 아가씨는 분홍색 주름 미니스커트가 더러워지는 것이 싫은지 조심하는 눈치였습니다. 그 모습도 꼴사납지 않았습니다. 저는 닭들을 닭장에 몰아넣었습니다. 아가씨는 제 거처를 궁금해하는 것 같았습니다. 어쩌면 확인하려 했던 것일지도 모릅니다. 저는 아가씨를 '진짜' 닭장 옆 작은 '닭장' 같은 방으로 모셨습니다. 아가씨는 닭 모피를 깐 짚자리며, 벽에 걸린 커다란 닭 벼슬 모자, 닭 몰이용 채찍 그리고 닭 잡이용 구식 쌍권총 등을 호기심 가득한 눈으로 봤습니다. 그 모든 것이 아름다운 스페타네트 아가씨에게는 신기하게 보였던 것 같습니다.

— 헐! 진짜 여기서 살아요? 닭들이랑? 장난 아닌데요. 냄새도 쩌네요, 쩔어! 여기서 뭐 해요? 멍 때리는 것도 하루 이틀이지. 완전 대박!

'늘 아름답고 아름다운 스페타네트 아가씨를 생각하며 지내고 있답니다'라고 대답하고 싶었지만 참았습니다. 아니, 너무 당황해서 한마디도 제대로 할 수 없었습니다. 미모에 한 번 놀라고, 말투에 또 한 번 놀랐습니다. 저 아름다운 입에서 튀어나온 보석 같은 단어들. 아마도 아가씨는 제가 놀라는 것을 보기 위해 일부러 재미있게 질문을 던진 것 같습니다.

— 혹시 저 닭들 중에 여친이라도 있는 거 아니에요? 쿄쿄쿄. 닭 여친!

이런 말을 하면서 머리를 뒤로 젖히고 웃는 그 귀여운 모습이 정말 사랑스러웠습니다. '닭'이라는 발음을 할 때, 살짝 볼살이 떨리면서 얼굴이 더욱 동글해지는 것이 참으로 앙증맞았습니다.

— 잘 있어요! 닭치기! 전 그만 갈게요. '닭 여친'들이랑
잘 노세요. 꼬끼오!

아가씨가 떠날 채비를 했습니다. 노쇠한 노새에 올라타는
모습을 보며 저도 인사를 했습니다. 아가씨는 빈 바구니를
노새에 매달고 떠났습니다. 올 때와는 달리 노새가 조금 힘
겨워하는 것 같았습니다.

— 조심해서 가세요, 스페타네트 아가씨.

아쉬웠지만 어쩔 수 없었습니다. 아가씨는 떠나야 했고,
저는 있어야 했습니다. 아가씨가 산길 속으로 안개처럼 사
라졌습니다. 마치 꿈과 같았습니다. 아가씨가 떠나가고 몸
에 긴장이 사라진 탓인지 잠이 몰려왔습니다. 하지만 참았
습니다. 그 순간을 오래 간직하고 싶었습니다. 잠이 들면 모
든 것이 사라져버릴 것 같았습니다. 저녁때가 다 되어, 산
아래로 내려다보이는 골짜기들이 차차 푸른빛으로 변하자
닭들도 하나둘씩 꾸벅꾸벅 졸았습니다. 산 정상은 조용했지
만, 산 밑 어딘가에서 천둥소리가 들렸습니다. 친구도 이웃
도 없는 산 정상에 천둥소리가 울려 퍼지니 더욱 으스스한
기분이 들었습니다.

산 아래(2)

D는 고시원 이웃이었다. 거의 유일한 이웃이었고, 거의 유일한 친구였다.

스카리니아에서는 주요 요직이 모두 세습되기 때문에 '고시'라는 것이 아예 없었다. 그러니 애초에 고시원은 존재할 수도 없었다. 그러나 정부는 주택문제를 해결하기 위해 작은 방들을 마구마구 만들었고, 동양의 어느 선진국에서 이런 방을 '고시원'이라고 부른다고 연일 방송에서 떠들어댔다. 그 뒤로 사람들이 닭장처럼 작은 방이 모인 곳을 고시원이라고 불렀다. 정부는 동양의 그 나라에서 인구 대부분이 이렇게 좁은 방에서 사는 것이, 마치 대단한 선진문물의 유입인 양 잘도 포장해, 수많은 사람을 닭장 같은 고시원에 차곡차곡 집어넣었다.

D와 나는 가난했기 때문에 고시원에 살 수밖에 없었다. 아니, 엄밀히 말하자면 고시원에 살 수 있다는 것마저 감사하며 살아야 할 형편이었다. D는 자신을 작가라고 말하고 다녔지만, 정확히 생계 수단이 무엇인지 알 순 없었다. 쓴 글도, 글 쓰는 것도 본 적이 없었다. 글 쓸 계획도 말한 적이 없었다. 자신을 전직 교사라고 소개하기도 했고, 참전 용사

이기도 했다며 무용담을 들려주기도 했는데, 역시 믿을 만하지 않았다. D의 아버지가 거대한 공장의 주인이었다는 소문도 있었는데, 이 역시 확인된 바 없었다. 적어도 그때, D는 그냥 내게 D였고, 술친구였으며, 내 얘기를 귀담아들은 뒤, 나를 무시하는 사람이었다. 냉소적인 존재였다. 하지만 착한 사람이라고 생각했고, 꽤 친한 사이라고 생각했다.

그래서 그렇게 나의 첫사랑 이야기를 했던 것이다.

별과 추억의 이야기를 했던 것이다. 아름다운 스페타네트 아가씨 이야기를 소상히 했던 것이다. 물론 D는 철저히 웃어넘겼지만. D가 한 말과 그의 웃음소리가 귓가를 맴돌았다. "성스럽고? 순결하게? 푸하하하, 푸하하하하!"

D의 방에서 나와 내 방으로 돌아왔다. 고시원의 방은 좁았다. D의 방도, 내 방도, 또 다른 방도 마찬가지였다. 다행스럽게도 닭 냄새는 나지 않았지만, 대신 곰팡이 냄새가 진동했다. 곰팡이 냄새는 분명 부침(浮沈)이 있다. 때로는 참을 수 없을 정도로 강하게, 때로는 느낄 수 없을 정도로 약하게 풍겼다.

작은 창을 열어두고, 잠시 걷기 위해 거리로 나왔다. 새벽 무렵이었기 때문에 사람들이 많이 보이지 않았다. 하늘엔 이상하리만큼 별이 보이지 않았다. 정말 D의 말대로 별이 없었다. 그래서 아가씨가 더욱 생각나는 밤이었다. 별이 없는 밤에 '별의 추억'을 가진 아가씨가 생각나네.

　한 시간쯤 걸었을까?

산 위(3)

　한 시간쯤 지났을까요?

　푸른빛이 감도는 골짜기에서 제 이름을 부르는 소리가 들렸습니다. 환청이 아니었습니다. 우리 아가씨가 나타났습니다. 환상이 아니었습니다. 아가씨가 맞았습니다. 하지만 생글생글 웃던 표정은 온데간데없고 죽상이었습니다. 노쇠한 노새는 보이지 않았습니다. 우박으로 엉망이 된 길 때문에 노쇠한 노새가 다리를 헛딛고 말았는지 어찌된 것인지 모르겠지만, 아가씨는 짜증과 분노로 부르르 떨고 있었습니다. 노쇠한 노새는 죽었는지 도망갔는지 알 길이 없었습니다. 옷은 땀으로 흠뻑 젖어 있었습니다. 아가씨가 아꼈던 분홍색 주름치마에 흙이 잔뜩 묻어 있었습니다.

　날은 저물어 농장으로 돌아가는 것이 거의 불가능하다고 판단한 아가씨가 다시 돌아온 것입니다. 아가씨가 지름길을 알 리도 없고, 지름길을 아는 제가 굳이 아가씨를 모시고 마을에 내려갈 리도 없었습니다. 다행스럽게 노새도 사라졌고. 닭들이야 닭장에 몰아넣고 아가씨와 마을까지 동행할 수도 있었지만, 홀로 외롭게 돌아온 아가씨를 그런 식으로 다시 돌려보내는 것은 예의가 아니라고 믿었습니다. 산 위에서 밤을 새워야 한다는 생각 때문인지, 저와 함께 있어야 한다는 것 때문인지, 가족들이 걱정할 생각을 해서 그런 것인지 아가씨는 떨고 있었습니다. 얼굴이 살짝 상기되어 있는 것 같기도 했습니다. 제가 할 수 있는 일은 아가씨를 안심시키고 잠자리를 제공하는 것이 고작이었습니다.

— 아가씨, 저 믿으시죠? 7월이라 밤도 아주 짧습니다. 아가씨, 별일 없을 겁니다. 아가씨도 어른이시잖아요. 잠깐만 꾹 참으시면 됩니다. 성인이 되려면 한 번씩은 다 겪어야 할 일이라고 생각하시면 됩니다. 아무 일 없을 거예요. 아가씨, 저 믿으시죠?

이렇게 아가씨를 살짝 달래놓고, 황급히 모닥불을 활활 피웠습니다. 그리고 땀에 젖은 옷을 벗으라고 했습니다. 스페타네트 아가씨는 옷을 벗지 않았습니다. 더러워진 주름치마를 벗기려 했지만, 마음처럼 되지 않았습니다. 제가 닭똥집과 닭 생간을 좀 갖다 줬지만, 아가씨는 먹으려 하지 않았습니다. 아가씨의 보석 같은 눈에 이슬 같은 눈물이 맺혀 있었습니다. 그만 저까지도 울고 싶었습니다. 스호시 고양이도 아가씨의 슬픈 얼굴을 보고 안쓰러운 표정을 지었습니다.

아가씨는 장작불 연기 때문에 눈이 따갑다고 했습니다.

— 아, 눈 따가워. 연기 좀 안 나게 피워줄 수 없어요?

연기처럼 밤이 왔습니다. 기어이 밤이 오고야 말았습니다. 산이 갑자기 어두워졌습니다. 별들이 많이 떠오르기 전이었습니다. 산꼭대기에 한 점의 빛도 남아 있지 않았습니다. 서쪽 하늘에도 동쪽 하늘에도, 북에도 남에도 빛줄기 하나 없었습니다. 저는 일단 아가씨가 '닭장' 같은 제 방에 들어가 쉬기를 바랐습니다. 닭 비린내는 좀 나겠지만, 나름대로 정돈을 해놓았고, 닭똥 냄새가 좀 풍기겠지만 일단 잠들면 괜찮아질 거라고 생각했습니다. 저는 신사적인 닭치기였기 때문에, 아가씨를 방에 모시고 안녕히 주무시라는 인사를 하고, 밖으로 나와 문 앞에 앉았습니다. 혹시 아가씨가 들어오라고 할 수도 있었기 때문에 기다리지 않을 수 없었습니다. 문 앞에서 간헐적으로 헛기침을 하는 것도 잊지 않았습니다. 내가 바로 앞에 있다는 것을 알려드리고 싶었습니다. 어험, 어험.

아가씨는 제 존재를 잊은 것 같았습니다.

밤하늘에 별들이 하나둘씩 하늘을 빛내자 산도 점점 밝아졌습니다.

창틈으로 닭 냄새가 진동하는 방구석에서 닭처럼 꾸벅꾸벅 졸고 있는 스페타네트 아가씨를 보고 있으니, 왠지 모르게 미안한 마음이 들었습니다. 밤하늘의 별들이 그날따라 유난히 환하게 빛나는 것 같았습니다. 아가씨를 그냥 그렇게 재우는 것은 몹쓸 짓이라는 생각도 들었습니다. 살며시 방문을 열었습니다. 삐꺽거리는 소리가 났고, 그 소리에 놀란 닭 몇 마리가 닭장 속에서 날갯짓을 했습니다. 아가씨 옆에 살포시 누워보았습니다. 막상 방에 들어와보니 둘이 있기엔 너무 좁은 것 같았습니다. 평소보다 닭 냄새가 더욱 진동하는 것 같기도 했습니다. 아가씨가 눈을 떴습니다. 놀란 표정이었습니다. 그리고 한마디 뱉었습니다.

— 헐!

저는 긴장했고, 그래서 주절거리기 시작했습니다.

— 하하하. 만일, 단 한 번도 밖에서 홀로 외로이 밤을 새워본 적이 없으시다면, 그리하여 그것이 두려우시다면, 모든 인간이 곤히 잠든 이 시간에, 이 아름다운 밤에 또 다른 신비로움을 맛보기 위해 고독과 적막을 자연과 더불어 느껴보시는 것이 좋을 것 같기도 하고, 이 시간에는 시냇물도 더

맑은 소리로 흐르고, 풀잎과 나뭇잎들이 부스럭거리는 소리
도 마을에서보다 훨씬 더 아름다우니 같이 밖으로 나가는
것도 나쁘지 않을 것 같은데, 아가씨는 어찌 생각하시는지
궁금하기도 해서 잠깐 들어왔다가 잠자리가 편안한지 한번
살짝 누워보았는데, 어떤 오해가 있으신 것은 아니지요? 하
하하. 산속의 밤은 별과 가까워지는 시간입니다. 하하하. 조
금 무서우실 수도 있겠지만요. 이 안에서만 이 소중한 별밤
을 다 보내실 생각은 아니시죠? 하하하하하. 저 하늘을 보세
요. 저 별은 나의 별, 저 별은 너의 별, 아니, 아니, 아가씨의
별. 하하하, 하하하.

아가씨는 황당하고도 놀랍다는 표정을 지었습니다.

산 아래(3)

고시원으로 들어가려는 찰나, 황당하고도 놀라운 광경을
보았다. 이유 없이 빙글빙글 도는 남자를 본 것이다. 그 새
벽에 빙글빙글 도는 남자를 처음으로 봤다. 빙글빙글 도는
남자를 발견한 것은 고시원 바로 옆이었다. 처음에는 잘못
본 것인 줄 알았다. 믿을 수 없을 정도로 자연스럽게 돌았

기 때문이다. 밤일을 마치고 D와 술도 한잔한 상태였고, 거의 아침에 가까운 새벽녘이었으니 더 혼란스러울 수밖에 없었다. 남자는 전봇대 앞에서 빙글 한 바퀴를 돌았다. 그리고 조금 더 걷다가 빙글 또 빙글 두 바퀴를 돌고 유유히 가던 길을 갔다.

그 남자는 왜 돌았을까?

방으로 돌아와 빙글 돈 남자를 생각했다. 작은 창을 통해 새벽하늘이 보였다. 새까만 하늘엔 별 하나 없었다. 언제부터 별이 없어진 것일까? D에게 가서 물어보고 싶었지만 참았다. 잠이 오지 않았다. D의 냉소적인 얼굴이 떠올랐다. 텔레비전을 볼까 하다가 그만두었다. 잠깐 스페타네트 아가씨가 생각났다. 아가씨는 여전히 아름답겠지?

다음 날, 평소처럼 오후에 일어나 대충 끼니를 해결하고 시장에 나갔다. 날이 어두워지자 사람들이 줄었다. 사람들은 없었고, 누군가는 가게를 지켜야 했고, 그게 바로 나였고. 주중에는 늘 그런 식이었다. 그래서 일을 해도 돈을 많이 벌수 없었다. 어쩌면 그렇기 때문에 주인은 정당한 방법을 쓸수 없을지도 모른다는 생각을 가끔 했다. 간혹 주스를 찾는 사람들이 있을 뿐이었다. 술을 찾는 사람들도 있었지만, 술은 팔지 않았다. 주인은 뭔가 시끄럽고 복잡해지는 것을 싫어하는 타입이었고, 나 역시 그에 동의하지 않을 수 없었다.

한 남자가 망고 주스를 마시러 왔다. 그는 별말 없이 주스를 시키고, 아무 말 없이 주스를 단번에 마시고, 말 한 마디 없이 동전을 몇 개 내고 식당을 빠져나갔다. 그리고 한 바퀴 돌았다. 몇 발자국 가더니 다시 빙글빙글 돌았다. 그리고 어디론가 사라졌다. 가게 밖으로 나가 남자를 찾았다. 하지만 보이지 않았다. 망고 주스 때문인가? 냉장고에서 망고 주스를 꺼내 한 잔 마셔보았다. 하지만 돌고 싶은 마음은 전혀 생기지 않았다. 몸도 움직이지 않았다. 사라진 남자 대신 거리엔 다른 가게에서 나온 사람들이 보였다. 여자들이었다. 여자 둘이 서로 팔짱을 끼고 걷고 있었다. 그리고 약속이나 한 듯이 빙글빙글 돌았다. 그리고 가던 길을 계속 갔다. 춤을 추는 것 같기도 했고, 어떤 놀이를 하는 것 같기도 했다.

빙글 또 빙글.

일을 마치고 집에 돌아오는 길에 빙글빙글 도는 사람들을 몇 명 더 보았다. 하지만 이상하게도 그들에게 왜 돌았는지 물어볼 수가 없었다. 그들은 그렇게 물어볼 틈 없이 사라져버렸다. 그리고 물어볼 용기도 없었다. 또한 너무나도 자연스럽게 돌았다. 빙글빙글.

밤하늘에는 여전히 별이 보이지 않았다.

고시원에 들어가서 D에게 왜 요즘 밤하늘에 별이 보이지 않느냐고 물었다. D는 피식 웃고 사라지려 했다. D를 따라가 다시 물었다. D는 스페타네트 아가씨에게 물어보라고 했다. 그럴 수 있다면 좋으련만.

D는 피곤하다며 자야겠다고 했다. 내가 계속 괴롭히자 이미 오래전에 사라진 별을 왜 자기한테 묻냐고 픽 소리를 질렀다. 그리고 자신 역시도 미치도록 별을 보고 싶다고 했다. D가 말한 '미치도록'이 나를 조롱하는 것인지 진심인지 알 수 없었다. D의 뒤통수에 대고 이렇게 소리쳤다.

— 정말 산에 살 때는 별을 많이 봤다고, 다시 산에 올라가면, 별을 볼 수 있을지도 몰라! 난 왜 여기엔 별이 없는지가 궁금하다고! 산 아래에는 왜 별이 없냐고!

D의 뒤통수는 말없이 눈앞에서 사라졌다. 그리고 며칠간 고시원에서 보이지 않았다. 사람들은 D가 짐을 싸 들고 어딘가로 떠났다고 했다. D에게 빙글빙글 도는 사람들에 대해서도 물어보고 싶었지만, 그럴 수 없음이 안타까웠다. 어쩌면 그 냉소적인 대답이 그리웠던 것일지도 모르겠다. 어쩌면 D가 사라진 것이 나 때문은 아닐까, 걱정도 조금 됐다.

산 위(4)

걱정했던 것과 달리, 아가씨는 결국 밖으로 나와서 저와
함께 앉았습니다. 방의 답답함과 저의 답답함 때문이었습
니다. 우리는 말없이 나란히 앉아 있었습니다. 가끔 들짐승
의 울음소리도 났고, 찬바람이 쌩하니 불기도 했습니다. 그
때마다 스페타네트 아가씨는 덜덜덜 떨면서 저에게 바짝 다
가왔습니다. 여전히 피곤했던지 꾸벅꾸벅 졸기도 했습니다.
시간이 천천히 흘렀습니다. 저는 어찌해야 할 바를 몰랐습
니다. 아가씨의 다리가 살짝 제 다리에 닿았습니다. 뭔가 짜
릿한 기분이 몸을 감싸 안았습니다. 아가씨는 조는 모습도
환상적이었습니다. 고민이 시작되었습니다. 그대로 아가씨
를 졸게 둬야 하는 것인지, 아니면 다시 좁은 방으로 데리고
가야 하는 것인지.

그때, 늑대의 울음소리가 들렸습니다. 아주 길고 처량한
울음소리였습니다. 아아아아아우우우! 그 소리에 졸던 아가
씨가 깼습니다. 우리는 약속이나 한 듯이 그 소리가 나는 쪽
으로 고개를 돌렸습니다. 바로 그 찰나, 아름다운 유성이 한
줄기 빛이 되어 우리의 눈을 사로잡았습니다.

— 대박! 저건 뭐예요?

스페타네트 아가씨가 물었습니다. 목소리에 졸음기가 싹 사라진 것 같았습니다.

— 천국으로 들어가는 아름다운 영혼일 거예요.

저는 나름대로 멋지게 대답했다고 생각했지만, 아가씨는 어이없다는 표정으로 저를 바라보았습니다. 하지만 저는 철저히 모른 척했습니다. 잠이 다 달아나버렸다는 표정으로 한숨을 푹푹 쉬는 아가씨를 전 계속 못 본 척했습니다. 볼 용기가 없었습니다. 다행스럽게도 아가씨가 혀를 차진 않았습니다. 아가씨는 무심히 물었습니다.

— 근데, 닭치기들도 양치기들처럼 별에 대해 좀 알아요? 별점도 볼 줄 알고?

— 그게 말이죠. 그러니까. 양치기들도 점을 못 봐요. 다 뻥입니다. 하지만 저는 손금이라든지 혈액형 성격 같은 것은 좀 알아요. 하루 종일 닭들이랑 놀다 보면 심심하거든요. 그래서 그런 책들을 좀 읽었어요.

스페타네트 아가씨는 제 말을 듣는 둥 마는 둥 하고, 그런 건 마을 사람들이 훨씬 더 잘 알 거라고 했습니다. 그리고 멍하니 밤하늘을 보았습니다. 하늘에 수도 없이 박힌 별들을 보고 뭔가 감정이 동요한 듯했습니다. 시간이 잠시 멈춘 것 같았습니다.

— 산에 올라오니 정말 별이 많이 보이긴 하네요. 밤하늘에 원래 이렇게 별이 많나요? 정말 졸라 많네요.

— 하하하. 그럼요. 원래 저 정도는 뜹니다. 수많은 별이 뜨고 지지요. 별에 대해 좀 말씀드리죠. 어떤 별을 먼저 이야기해야 할지 모르겠어요. 그 정도로 저 하늘엔 별이 많고도 많습니다. 너무 많아서 어떤 별에 눈을 둬야 할지 모를 지경입니다. 먼저 생각나는 별은 서쪽 하늘에 떴던 '태지성(太地星)'입니다. 이 땅(地)의 신보다 큰(太) 별이라는 뜻이라고 하네요. 태지성은 주변의 두 별과 함께 '세아이자리'라고 불리기도 했는데, 태지성이 너무 빛나 나머지 별들은 육안으로 잘 보이지 않아 지금은 별자리라는 것도 사람들이 잘 모릅니다. 그래서 '세아이자리'는 그냥 전설처럼 이야기만 전해지고 있어요. 참, 이런 별들도 있어요. 예전에는 가장 '뜨거운(hot)별들'이라고 불렸는데, 지금은 대부분 그 뜨거움이 사라졌어요. 별의 운명을 다한 것이지요. 몇몇 별만 희미하게 빛나고 있어요. 별마다 운명의 시간이 다른 것이죠. 저기 별 아홉 개 보이시죠? 저 별이 이 시간에 가장 빛나는 별들입니다. 가장 빛나는 알파 별은 '유나이무스'로 알려져 있는데, 자세히 보면 아홉 개의 별이 거의 골고루 빛나고 있어요. 목동들도 닭치기들도 모두 좋아하는 별입니다. 어떤

사람들은 이 혼란한 시대를 밝혀주는 길잡이 별들이라고도 합니다. 하지만 전 별로예요. 사람들은 저 별을 보면서 지루한 시간들을 이겨낼 수 있다고들 하는데, 제 눈에는 아홉 개의 별이 다 비슷비슷해서 큰 매력이 없는 것 같아요. 제가 좋아하는 별은 저 별입니다. 보이세요? 가장 조용한 별이라고들 하는데, 전 저 별을 보면 어떤 필(feel)이 와요. 보통 별들보다 수명이 열 배는 길다고 하더라고요. 조용하지만 필을 주는 별. 그렇지만, 이 온갖 별 중에서도 가장 아름다운 별은요. 제 생각에는….

제가 말꼬리를 흐렸지만, 아가씨는 별 반응이 없었습니다. 얼마나 시간이 흘렀을까요?

산 아래(4)

하루 이틀 그렇게 시간이 흘러갔고, 빙글빙글 도는 사람들은 점점 더 많아졌다. D는 여전히 보이지 않았다. 어떤 이들이 D가 그라산에 올라갔다고 말해줬다. 난 그럴 리 없다고 생각했다. D가 왜 산을?

한 달 정도 지나자 길에서 빙글빙글 돌지 않는 사람들을 찾아보기 힘든 지경에 이르렀다. 하지만 사람들이 빙글빙글 돈다는 것 이외에는 신기하리만치 다른 것들은 그대로였다.

가끔씩 외국인들이 주스를 마셨고, 평일 밤 편의식당에는 손님들이 많지 않았다. 물론 밤하늘에 별도 없었다. 그나마 달이라도 있는 것이 위안이라면 작은 위안이었다. 하지만 언젠가 달도 사라져버릴지 모른다는 생각이 들었다. 어쩌면 달이 사라졌다는 사실마저, 혹은 달이 존재했다는 사실마저 사람들이 기억을 못할지도 모른다는 생각을 하니 망고 주스가 생각났다. 물론, 망고 주스 따위를 마신다고 갈증이 완전히 사라질 리도 없지만.

빈 식당에 앉아 별 없는 밤하늘을 보면서 아가씨를 추억했다. 진짜 아가씨는 어디로 갔을까? 그리고 마을에 진짜 아가씨 대신 아가씨와 비슷한 가짜 아가씨들이 그렇게 많이 돌아다니는 이유는 무엇일까? 스호시 고양이, 가타키 구렁이, 드가, 라이버스는 다 어디로 사라져버린 것일까? 이러다가 스카리니아 전체가 사라지는 것은 아닐까? 그리고 정말 그 많던 별은 다 어디로 사라진 것일까? 조용히 평온을 주던 별, 많은 닭치기에게 위안을 줬던 아홉 개의 별, 서쪽 하늘에서 크게 빛났던 별, 뜨겁게 밤하늘을 수놓았던 오성. 별들. 별들. 별들. 참, 그리고 D는?

답은 없었다. 그런 와중에도 가끔 식당 앞으로 지나가는 사람들이 보였다. 물론, 그들은 빙글빙글 돌면서 지나갔다.

빙글빙글 도는 사람들이 많아져서 거리가 무척 혼란스러워졌다. 똑바로 걸어야 할 길을 사람들이 빙글빙글 돌고 있으니 그야말로 가관이었다. 테이크아웃 커피를 한 모금 마시고, 빙글! 연인과 팔짱을 끼고, 빙글! 자동차를 주차한 뒤 차문을 닫고 나서 빙글! 버스 정류장에서 버스를 타기 전에도 빙글! 빙글빙글 도는 것이 일종의 유행이 되어버렸는데, 그 대열에 동참하고 싶지 않았다. 아니, 몸이 그렇게 되지 않았다. 하고 싶어도 못했다.

사라졌던 많은 것 중에 다시 눈에 보이기 시작한 것이 하나 있었다. D였다.

D가 고시원으로 돌아왔고, 반가웠다. 아는 사람 중에 돌지 않는 사람은 나 말고는 D가 유일하다는 말을 하고 싶었다. 그 와중에도 고시원의 좁은 복도를 빙글빙글 도는 몇몇이 보였다. D에게 물었다. 그가 친절하게 대답해줄 거라고 기대하진 않았다. 너는 왜 빙글빙글 돌지 않지? D는 오랜만에 만났는데 고작 그런 것이나 묻냐는 표정이었다. D는 빙그르 돌았다. 그런데 영 어설펐다. 의심의 눈초리를 보내자, D는 마구 웃으며 대답했다. 장난으로 돌아봤다고. 뿌루퉁한

표정을 짓자, 또 웃었다. 분명히 냉소적인 웃음은 아니었다. 어딘가 모르게 꽤 호쾌한 기운이 느껴지는 웃음이었다. 한참을 웃더니 D는 자신이 별을 보았기 때문이라고 했다.

— 별?

이해가 되지 않았다. 별을 보았다니? D는 웃으면서 별 볼일이 있었다고 했다.

— 그게 무슨 말인데?

솔직히 D의 농담에 살짝 짜증이 났다. 별이랑 빙글빙글 도는 것이랑 무슨 상관인데? D는 대답 없이 '거짓으로' 빙그르 돌며 내 앞에서 사라져버렸다. 아무 말도 없이.

산 위(5)

아가씨는 아무 말이 없었습니다. 분명히 내가 세상에서 '가장 아름다운 별은…'이라고 하면서 말꼬리를 흐리면, 아가씨가 '어떤 별인데요?'라고 물을 줄 알았습니다. 그러면 기다렸다는 듯이 당연히 '여기 계신 스페타네트 아가씨랍니다'라고 하려고 했는데, 아가씨는 생뚱맞은 질문을 던졌습니다.

— 그런데, 닭치기 씨 정말 닭이랑 결혼했어요? 왜 닭 비린내가 나요?

— 네, 내내내앰새요? 겨겨결혼이요?

놀랐습니다. 정신을 차리고 이렇게 말하려고 했습니다.

아직 20대다.

그리고 이건 내 고유의 냄새가 아니라 직업적으로 피할 수 없는 냄새다. 그리고 아직까지 사랑도 제대로 해본 적이 없다. 아직 젊은 편이다. 조금 노안이라서 그렇다. 산에서 살다 보면, 좀 늙어 보이는 경우가 있다. 냄새는 물론, 닭들이랑 있어서 그런다. 샤워하고 보디로션 깔끔하게 바르면 냄새도 없어질 것이다. 믿어달라!

그런데, 그렇게 말하려는 순간 따뜻하면서 부들부들한 것이 살포시 제 어깨를 짓눌렀습니다. 아주 사랑스러운 묵직함이었습니다. 그것은 졸음에 겨워 무거워진 아가씨의 머리였습니다. 졸음에 겹지만 않았더라면 그렇게 무겁지 않았을 것입니다. 그 와중에 왜 빨강과 파랑이 조화롭게 어우러진 '고깔'을 쓰고 있었던 것일까요? 모자가 자꾸 얼굴을 찔렀습니다. 본격적으로 잠이 들면서 아가씨는 세상에서 가장 아름다운 소리로 코를 골았습니다. 드르렁 푸, 드르렁 푸. 잠자던 스호시 고양이가 놀라 깨어났습니다. 화가 난 표정이었습니다. 잠이 깊게 들면서 아가씨의 다리도 살짝 벌어졌습니다. 짧고 더러운 분홍색 주름치마 사이로 하얗고 통통한 다리가 드러났습니다. 어깨가 아팠습니다. 욱신거렸습니다. 다시 고민을 했습니다. 그대로 참고 있어야 하나? 그 자리에 그대로 눕혀야 하나? 그대로 들고 다시 방으로 들어가야 하나? 들 수는 있겠지? 고민하는 동안 시간이 흘렀습니다. 잠에서 깬 스호시 고양이가 다가와 신기한 광경을 발견했다는 표정으로 빤히 쳐다보고 있었습니다. 빤히 쳐다보는 고양이 눈이 무서워 다른 뭔가를 하기도 꺼림칙했습니다. 저는 아가씨의 묵직한 머리를 한쪽 어깨로 버텨내며 꼬박 밤을 새웠습니다. 우리 머리 위에서 빛났던 수많은 별이 마치 놀란 닭들처럼 사방으로 퍼져나갔습니다. 스페타네트 아가씨는 훤하게 먼동이 떠올라 별들이 해쓱하게 빛을 잃어갈 무렵 머리를 반대로 돌렸습니다. 다행이라고 생각했지만, 어깨는 여전히 무너질 듯 아팠습니다. 가슴은 여전히 설렜지만, 움직일 수가 없었습니다. 잠시 쉬는가 싶었는데, 아가씨는 바로 제 어깨에 그 무거운 머리를 재차 올려놓았습니다.

덕분에 저와 아가씨의 성스러운 순결함은 잃지 않았습니다. 아가씨는 잠결에 얼굴을 타고 내린 침을 대수롭지 않게 쓰윽 훔쳤습니다. 성스러운 순결함을 지킬 수 있었지만, 제 어깨는 지키지 못할 것 같았습니다.

이따금 이런 생각이 제 머리를 유성처럼 스치고 지나갑니다.

— 저 수많은 별 중에 가장 무겁고도 큰 별님 하나가 그만 길을 잃고 내 어깨에 내려앉아 묵직하게 잠들어 있었노라고! 성스럽고! 순결하게!

산 아래(5)

여전히 산 아래 마을에는 별이 뜨지 않는 밤이었고, 편의 식당 안이었다. 자정 이후에는 음악 방송을 보곤 했는데, 손님의 부탁으로 뉴스 채널을 보게 되었다. 유일한 손님의 청을 들어주지 않을 수 없었다. 토론 프로그램이 한창 방영 중이었다.

주제는, '빙글빙글' 도는 사회현상.

화면 속에 몇 명이 나와 이야기를 나누고 있었다. 두 그룹이 찬반으로 토론을 하는 중이었다. 빙글빙글 도는 현상이 사회적으로 해가 되나 그렇지 않나, 에 대해 다투고 있었다. 두 진영은 흥미롭지 않은 주장들을 지리멸렬하게 하고 있었다. 빙글빙글 도는 것이 운동 효과가 있다. 빙글빙글 도는 것 때문에 인도가 혼잡해진다. 빙글빙글 도는 것은 새로운 문화이며 이것을 보기 위해 아프리카 주변국에서 많은 관광객이 찾고 있다. 빙글빙글 도는 국민이 많다는 것은 국가신용등급에 영향을 미칠 수 있다. 두 진영은 준비한 내용들을 쉴 새 없이 주고받았다. 랠리가 긴 탁구 경기를 보는 기분이었다. 핑·퐁·핑·퐁.

전문가들의 긴 랠리 후, 방청석으로 마이크가 넘어갔다. 한 방청객이 말했다.

또랑또랑한 목소리였다. 방청객은 빨강과 파랑이 조화롭게 어우러진 아름다운 고깔모자를 쓰고 있었다. 분홍색 주름 미니스커트를 만지며, 이야기를 시작했다. 회색 조끼에 초록색 체크 남방이 눈에 띄었다.

— 사람들이 별을 보고 싶어서 빙글빙글 도는 거예요.

방청객의 그 한마디에 사회자는 꽤 당황한 표정이었다. 하지만 카메라는 여전히 방청객을 잡고 있었다. 앉아 있었지만, '쭉쭉빵빵하다'는 느낌이 오는 몸매, 무지하게 아담한 100킬로그램 이상의 체구. 그리고 땡글땡글한 뿔테 돋보기 안경에, 클로즈업했을 때 더 빛나는 새까만 얼굴에 난 덕지덕지 애교 만점 여드름 덩어리, 그 위를 뒤덮은 두터운 파운데이션. 게다가 두툼한 살덩어리로 만들어진 삼중 턱. 그리고 마이크를 쥔 호빵처럼 부푼 손.

— 여기 계산이요!

손님이 계산을 하겠다고 했다. 나는 텔레비전에서 빠져나와 손님에게 돈을 받았다. 억양을 들어보니 부르키나파소 사람이었다. 인사를 하고 다시 텔레비전을 보니, 이미 방청객은 화면에서 사라진 뒤였다. 다시 음악 방송으로 채널을 돌렸다. 폐점할 때까지 더 이상 손님은 오지 않았다. 간혹 빙글빙글 돌며 지나가는 행인들이 보일 뿐이었다. 퇴근길 하늘을 보니, 달이 보이지 않았다. 하지만 별로 두렵지 않았다. D의 냉소적인 표정이 보고 싶었다.

스페타네트 아가씨가 떠올랐다.

그리고 그녀의 한마디가 유성처럼 내 머리를 스쳐 지나갔다.

— 산에 올라오니 정말 별이 많이 보이긴 하네요. 밤하늘에 원래 이렇게 별이 많나요? 정말 졸라 많네요!

망고 주스가 마시고 싶어졌다.

고시원 방향이 아닌 그라산 방향으로 걷고 있는 나를 발견했다. 왠지 마음이 성스럽고, 또 꽤 순결해지는 것 같았다. 왠.지.

그리지 못해 쓴 이야기 05:
형태形態

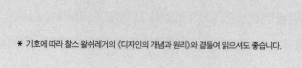
＊ 기호에 따라 찰스 왈쉬레거의 《디자인의 개념과 원리》와 곁들여 읽으서도 좋습니다.

사실 언제 제가 이 사실을 깨닫게 되었는지 정확히 생각이 나진 않습니다.

　그저 어렸을 적이라는 것밖에 기억이 나지 않아요. 말은 못했던 것 같고, 걷고 뛰는 것은 자유롭게 했던 것 같아요. 집 안 여기저기를 돌아다니다가 거울을 하나 발견했고 그 앞에 섰지요. 꽤 큰 거울이었어요. 화장대가 아니었나 싶네요. 그 앞에 서서 거울을 보았더니, 안에 누군가 서 있더군요. 키는 작았고, 얼굴은 별로였어요. 처음에는 그게 저인지도 몰랐지요. 거울 속의 인물은 못생겼다기보다는 제가 그동안 보아왔던 사람들과 너무 다른 모양을 하고 있었거든요. 거울 속 사람이 제가 움직이는 대로 움직이는 모습을 보고, 거울 안에 또 다른 내가 있다는 사실을 알게 되었어요.

그 사실을 깨닫고, 큰 충격을 받았어요. 아무리 생각해보아도, 아무리 다시 보고, 또다시 보아도 거울 속에서 저를 따라했던 인물이 '나'답지 않았기 때문이에요.

그렇습니다.

우리 가족은 다 '네모'나게 생겼어요. 엄마도, 아빠도, 동생도, 형까지도 다 네모, 네모, 네모. 외가 친척들, 친가 친척들 모두 사각형의 얼굴을 가지고 있어요. 그도 그럴 것이 사각이 사각을 만나 자식을 낳았으니, 자식들도 다 사각으로 태어난 것이지요. 어릴 적부터 전 사람의 얼굴은 다 네모났다고 생각했나 봐요. 다른 사람들은 우리가 모두 일가친척임을 너무 쉽게 알아챘고, 가족 사이에서는 그걸 자연스럽고 당연하게들 여겼어요. 그런데 저만 예외였던 것이죠.

거울을 만나지 않는 한 자신의 얼굴을 볼 일이 없잖아요. 그래서 거울에 비친 제 모습을 보고, 당시 어렸지만 꽤 큰 충격을 받았던 것 같아요. 그전까지만 해도 전 막연하게 네모의 일원이라고 생각했죠. 마치 이어폰을 끼고 노래를 불러왔던 음치가 자신의 진짜 목소리를 모른 채 고성방가만 일삼는 것처럼, 저도 제 외모를 모르고 세상 사람들이 다 네모나게 생겼을 것이라고 생각하며 살았던 것이지요. 적어도 제 눈에 보이는 것들, 제가 봐왔던 사람들이 다 네모였으니까요. 제가 네모지게 생기지 않았다는 사실을 알고도 그것을 인정하기가 쉽지 않았어요. 그래서 거울 보기를 무척이나 싫어했지요. 가족들은 "아유, 예쁘다"라고 말해줬지만, 전 직감적으로 그게 거짓임을 알았어요. 그리고 뭔가 알 수 없는 출생의 비밀이 있으리라 생각했어요. 물론 '비밀'이나 '출생' 따위의 말들은 알지 못했지만, 그때부터 뭔가 이상하다고 직감한 것이지요.

나이를 더 먹고, 말도 하게 되고, 생각도 하게 되고, 걷고 뛰는 것에도 익숙해져서 학교라는 곳에 다니기 시작한 뒤로, 세상에는 네모만 있는 것이 아니라고 확실히 알게 되었지요. 맞아요. 세상에는 정말 다양한 도형의 얼굴이 존재했고, 나름대로 묶음이 형성되어 있었거든요. 예를 들면, 초롱이네 가족은 전반적으로 둥글넓적했고, 철순이네 식구들은 대체로 별 모양의 얼굴을 달고 다녔어요. 기남이네도 예외가 아니었어요. 아빠도, 엄마도, 기남이도, 기남이 동생 기순이도 다 사다리꼴이었어요. 크기는 조금씩 다르고, 기순이는 평행사변형에 가깝긴 했지만, 이러나저러나 한 카테고리로 묶을 수 있었지요.

더군다나 각양각색의 모양을 하고들 있었지만, 저와 비슷한 얼굴형을 가진 사람은 없었답니다. 저도 그들 무리 안에 들어가면 그저 그런 도형 중 하나, 그저 그런 사람 중 하나가 되었지만, 왠지 모르게 외로웠어요. 가족과도 다른 얼굴, 그 누구와도 비슷하지 않은 탓이었지요.

그러니, 저는 더 혼란스러웠지요. 도대체 왜 나만?

이런 생각이 절로 들었어요. 하지만 고민이라는 것은 대중 속에서는 잘 드러나지 않는 법이잖아요. 고민이라는 악마는 본질적으로 강한 존재가 아닌 까닭에 비겁하게 혼자 남은 자들에게 접근하는 속성이 있잖아요. 그래서 저도 평소에는 친구들과 룰루랄라 잘 놀았어요. 집에 와서도 가족과 밥 잘 먹고, 후식까지 잘 먹고, 텔레비전도 흥이 나서 잘 보았지요. 그런데 자기 전에 방문을 닫고 침대에 누워 이불을 턱밑까지 끌어올리는 순간, 네모의 악마가 찾아왔지요.

— 호호호, 넌 왜 얼굴이 네모가 아니지? 왜? 왜? 왜

그 웃음소리도 듣기 싫었지만, 더 싫었던 것은 마지막에 무심하게 세 번씩이나 반복하는 '왜'였지요. 사실 저도 그 이유를 몰랐거든요. 물론 부모님께 여쭤보기도 했습니다. 도대체 왜 나만 이런가요? 그러면 아버지도, 어머니도 마치 합창 단원처럼 입을 딱 맞춰 이렇게 대답하시곤 했어요.

— 내가 보기엔 잘생기기만 했구만! 이상한 생각하지 말고 공부나 해라!

전 분명히 잘생겼는지 못생겼는지를 물어본 것이 아니었거든요. 그리고 굳이 미추를 구분하자면 분명히 저는 추에 가까운 사람이었는데, 그러니 자연스럽게 부모님을 신뢰할 수 없게 되었답니다. 네모난 동생과 형에게도 제 고민을 몇 번 털어놓았는데, 그때마다 그들은 이렇게 말했어요.

— 정말 네모가 좋아? 내 별명이 뭔지 알아? 춤 크래커야! 좋겠냐? 좋겠어? 다행인 줄 알아! 다행인 줄! 쯧쯧쯧!

형이 이렇게 말하고 나면, 동생도 지지 않고 바로 말을 이었지요.

— 형아! 정말 복 받은 줄 알아! 그리고 큰형도! 춤 크래커 얼마나 귀엽냐? 난 네모 피자야! 네모 피자! 크고, 네모나고, 뒤통수까지 납작하다고 네모 피자라고!

이러는데, 제가 무슨 말을 더 할 수 있겠습니까? 그저 홀로 외로이 밤마다 네모 악마와 싸우는 수밖에요. 그저 그 알 수 없는 출생의 비밀이 풀리길 기다리고 있었지요.

그 언젠가 거울을 본 날부터 시작되었던 이 '반(反) 사각 얼굴'의 고민은 중학교, 고등학교까지 계속 이어졌답니다. 자연스럽게 저는 도형들에 관심을 많이 갖게 되었어요. 여러 가지 도형을 그리는 걸 즐기게 되었고요. 그것들을 그리면서 고민에 대한 스트레스에서 조금 벗어날 수 있었던 것 같아요. 물론 제가 제 고민을 떠들고 다니지는 않았어요. 인간은 모두 저마다의 고민이 있기 때문에 남의 고민까지 들어줄 수 있는 이가 거의 없다는 걸 알았거든요. 형은 네모난 얼굴이 고민이었고, 동생은 크고 네모난 얼굴이 고민이었으니까요. 사실 저도 그들의 고민을 진지하게 고민해본 적도 없었고요.

얼굴은 네모나지 않았지만, 얼굴의 생김새와는 상관없이 시간은 흘러갔죠. 고등학교를 졸업하고 남들과 같이 대학에 입학했습니다. 그리고 도형들을 열심히 그리다 보니, 디자인을 전공할 수 있었어요.

대학이라는 곳에는 정말 다양한 얼굴이 있더군요. 물론 고등학교 때에도, 중학교 때에도, 초등학교 때에도 다양한 얼굴이 있었지만, 대학에서 더욱 다양한 얼굴을 만났습니다. 사각형, 오각형, 육각형, 칠각형, 팔각형, 구각형, 원, 타원, 별 모양, 반달, 초승달 등등. 가끔 사각형 선배를 보면 가족 같아 너무 친근하기까지 했고, 별 모양의 학생들을 보면 초등학교 동창 철순이를 떠올리기도 했지요. 그러한 다양함 속에서 저는 조용히 묻혀 있었어요. 아니, 그저 도드라지지 않았던 것이지요. 하긴 돌이켜보니 제 얼굴 모양이 사회 생활이나 학교 생활에 크게 문제가 된 적은 없었던 것도 같아요. 그러나 전 늘 생각했답니다. 세상에 나와 닮은 사람은 정말 없는 것일까? 그리고 정말 그런 존재가 없다면, 그 이유는 무엇일까? 조물주는 도대체 어떤 이유로 나란 인간을 요 모양으로 만들었을까? 가족들과 다르게, 그 누구와도 같지 않게. 술자리에선 술에 취해 분위기에 취해 잠시 잊기도 했지만, 시험 기간에는 공부하랴, 축제 기간에는 흥겨워하랴, 종종 고민을 접어두기도 했지만, 고민이 사라지진 않았던 것이지요.

그리고 군대에 갔습니다. 군대에선 정말 고민할 틈이 없더군요. 그래, 그냥 생긴 대로 살자, 했었지요.

제대하던 해, 가을이었어요.

머리는 제법 자라 군인 티를 벗었고, 2학기 때 복학을 한 터라 정신없이 대학 생활에 적응 중이었어요. 선배라고 부를 사람들이 얼마 남지 않은 상태였고, 낯모르는 후배들이 종종 제게 인사를 하곤 했어요. 젊은 그들을 보면서 그들도 저도 대학생인데 왜 이리 다를까, 생각을 했었죠. 여전히 가족과 다른 제 얼굴 모양을 마음에 품고 있었지만, 그것보다는 먹고사는 것이 더 우선이라는 생각이 들었지요. 그래서 의식적으로 얼굴 모양에 대한 고민은 마음 구석으로 밀어두었어요. 그리고 낮에는 작업실에서 계속 도형들을 그렸고,

저녁에는 도서관에 터를 잡고, 도형처럼 생긴 외국말들을 반복해서 그렸어요. 그 무렵, 형은 춤 크래커 회사와 경쟁 회사에 입사해 안티 춤 크래커를 만들겠노라는 야망에 사로잡혀 있었어요. 동생은 군대에 있었고요. 네모 피자 같았던 동생은 레고처럼 더 크고 단단해졌어요. 언제나처럼 그냥 시간은 흘러가겠지, 그래야 삶이고, 그래서 삶일 거야, 라는 식으로 생각하고 있었지요. 그리고 어차피 살 거면 다소 열심히 살아보는 것도 좋겠거니, 했었지요.

그날, 바로 그날, 가을바람은 좀 쌀쌀했고, 낙엽들은 달력 속 그림처럼 떨어져 내렸어요. 캠퍼스의 가로등은 적당한 조도로 낙엽들에게 운치를 더해줬어요. 산책하는 연인들도 보였고, 가을의 쌀쌀함을 술로 잊으며 추억을 쌓고 있는 젊은이들도 있었어요. 저처럼 도서관에서 나와 귀가하는 사람들도 있었고. 그렇게 흘러가버릴 날들 중 하루가 될 거라 여겨졌지요.

낙엽 하나가 제 코를 스치고 지나갔어요. 자연스럽게 낙엽을 쳐다보게 되었어요. 낙엽은 휘휘 날아서 공중에서 삼각형을 몇 번 그리더니 등나무 벤치 쪽으로 갔어요. 제 시선도 휘휘 돌아 등나무 벤치로 향했지요. 그 벤치에 누군가가 앉아 있는 것 같았어요. 낙엽은 벤치에 떨어지는 대신, 누군가의 머리에 착륙했어요. 누군가는 짜증이 잔뜩 담긴 손짓으로 낙엽을 쳐냈어요. 그리고 왝왝거렸어요. 첫눈에도 만취했다는 걸 알 수 있었지요. 여자였어요.

왝왝왝.

여자는 토하고 있었지요. 저는 그쪽으로 가봐야겠다고 생각했어요. 사실 생각하는 중에 이미 다리가 움직이고 있었어요. 왝왝거리는 소리를 들으며, 이런 생각을 했어요. 다른 사람이 왝왝거리는 것과는 다소 다르군. 아름답기까지 한걸. 분명히 토하는 것 같았는데, 악취는 나지 않았어요. 악취 대신 풍기는 이 냄새는 혹시 향기? 여자는 벤치에 쪼그리고 앉아 계속 토사물을 뿜어냈어요. 그리고 그 옆에 놓인 책 한한 권을 보았어요.

《디자인의 개념과 원리》

전 그녀의 등을 두드려줬어요. 등 두드리는 박자에 맞춰 그녀는 계속 게워냈어요. 한참을 그러고 나더니, 그녀가 고개를 돌렸어요. 우리는 서로 마주 보았어요. 그리고 우리가 마주 보고 있는 것을 《디자인의 개념과 원리》가 지켜보고 있었어요.

그녀는 웃었어요.

저 또한 웃었어요.

그랬답니다.

바로 그녀의 얼굴은 너무나도 저와 닮아 있었답니다. 정말 세모난 얼굴. 저도 세모난 얼굴. 우린 모두 세모난 얼굴. 세모 같은 우리 얼굴. 전 어릴 적 봤던 거울 속의 '내'가 떠올랐어요. 하지만 그때 거울 속 '나'보다 그녀가 더 '나'다웠던 이유는 뭘까요? 우린 한동안 아무 말도 하지 못하고 앉아 있었어요. 가을바람이 좀 더 쌀쌀해진 것 같았고, 지나가는 행인들의 숫자가 줄어든 것 같았어요. 아무 말이라도 하지 않으면, 그녀가 그냥 사라져버릴 것 같았어요. 아니, 정말 사라져버릴 것 같았어요. 그래서 저는 용기를 내 입을 열었어요.

— 저, 괜찮으세요?

그녀가 웃었어요. 세모난 그녀는 삼각형 입 모양으로 웃었지요. 저도 함께 웃었어요. 아마 저도 그렇게 웃었을 거예요. 삼각형 입으로. 잠시 뒤, 그녀가 말했어요.

— 저, 우리 과 선배님이시죠?

그렇게 우리는 만났습니다.

그해 겨울, 형은 춤 크래커의 대항마로 '삼 크래커'를 만들었어요. 물론 세모난 모양이었고, 그녀와 나는 특별히 그 크래커를 많이 사 먹었답니다.

그리고 이런 결심을 했지요.

이 여자를 쭉 사랑할 테다! 그리고 그 사랑이 이뤄지지 않는다면, 하나의 점이 되어 사라져버려도 좋다! 그만큼 사랑하리라!

여러분,
이거 다 거짓말 아닐 수도 있는 거
아시죠?

강병융 X 주원규(소설가)

강병융

소설가. 슬로베니아 류블랴나대학교 아시아학과 교수로 재직하고 있다.

주원규

소설가. 2009년부터 본격적으로 소설을 쓰기 시작했으며, 현재는 '해체와 아나키즘'이라는 주제를 연구하고 있다.

1.

"온전히 '저'다운,
'병맛'스러운 소설을
쓰고 싶었어요."

주원규 건방지게 질문하면서 시작할게요. 이런 소설들을 쓰신
       이유가 뭔가요? 이런 소설이라 함은 어느 범주에도 쉽
       게 속하지 않는 작품을 말하는데, 전 작가님 작품이 어
       느 범주에도 속하지 않으려는 의도, 송구스럽지만 병맛
       의 끝판왕 같은 소설 같아서요.

강병융 저는 공손하게 대답하겠습니다. 진심으로 죄송합니다.

사실 '병맛 소설'이 아닌, 제대로 된 '병융맛 소설'을 써보려고 했는데, 실패한 것 같네요. 하지만 어느 범주에도 쉽게 속하지 않는 작품이었다는 말씀은 칭찬처럼 들리네요. 소설이지만 '세상에 없는 소설'을 썼다면, 그것이 '병맛'이어도 좋고, '병융맛'이어도 상관없을 것 같아요.

온전히 '저'다운, '병융맛'스러운 소설을 쓰고 싶었어요. 제 안에 크게 두 가지 맛이 있는데, 하나는 '병융맛'이고, 다른 하나는 '태희아빠맛(혹은 민영남편맛)'입니다. 보통, 소설은 '병융맛', 에세이는 '태희아빠맛(혹은 민영남편맛)'으로 요리하죠('병융맛'이 MSG가 많이 들어갑니다).

규. 〈우라까이〉를 읽으면요, 제대로 고약하게 눙치고 있다는 느낌을 받습니다. 작가가 쓴 게 결코 아니라고 말하는 소설, 혹은 주석으로서의 〈우라까이〉가 표방하는 작가님의 세계정신(아, 거창하다!), 대체 뭔가요?

융. ('눙치다'라고 물어보시는지 '눙치다'라고 물어보시는지 모르겠지만, 저는 제 마음대로 '눙치다'로 답하겠습니다)태생적으로 진지한 것을 별로 좋아하지 않습니다. 소위, '진지 빼는 것'은 질색입니다. 예전에 전신마취를 해야 하는, 나름 진지한 수술을 받은 적이 있는데요, 수술실에 들어가기 전, 아내는 걱정스러운 눈빛으로 저를 바라봤어요. 그 순간에도 저는 수술실에 들어가기 전에 아내에게 어떤 농담을 할까 고민했어요. 고심 끝에 제가 던진 농담은 "사랑한다!"였는데, 그 말을 듣고 아내가 웃었는지 혹은 울었는지는 기억이 나지 않네요. 되도록 진지하고 싶지 않아요, 매순간.

제 삶이 그러니까, 제 삶의 일부인 소설도 그렇게 '농'스럽게 흘러가는 것 같아요.

살짝 '진지 빼고' 말씀드리자면, '포스트모던'한 아재 개그 스타일 소설을 표방한다고나 할까요?

탈중심적으로 주변부나 맴돌면서, 개념 없이 탈이성적인 데다가, 정체성 또한 없는 잡종성과 질서 없는 복합성을 가지고 있으면서도, 안팎이 마구 뒤섞인 채로, 패러디와 혼성모방이 원칙 없이 공존하면서, 질서 없는 나열과 의미 없는 병치가, 아마추어 콜라주처럼 펼쳐져 있음과 동시에 알 듯 말 듯한 상호 텍스트성으로 맞붙인 그런 작품을 써보고 싶었는데… 실패했죠?

암튼, 저는 '농담이 질릴 정도로 흔한 세상'을 꿈꾸는 사람입니다. 특히, 센 사람들을 소재로 농담을 마구 할 수 있는 그런 세상요.

"스트라이크가 되길 바라고 던진 공이 아닙니다. "그냥 내가 이런 구질을 개발했으니 한 번 보렴!" 뭐 이런 느낌이랄까요?"

규. 〈우라까이〉를 통해 '복붙소설'이란 전대미문의 장르를 개척하셨는데요(절대 놀리는 게 아닙니다. 아시죠?), 소설 을 읽으면 쥐, 더 나아가 한국 사회 권력층을 향한 가혹 한 세태 비판, 시국 비판의 향취가 강하게 묻어납니다. 이런 식의 비판적 형태를 독자들이 어떻게 이해할 거라 고 예상하시는지, 또한 독자들이 어떻게 이해하거나 읽 었으면 좋겠는지 말해줄 수 있으세요?

융. 작품을 읽고 저를 놀리셔도 상관없습니다. 본질적으로 마음껏 놀리자고 (혹은 놀리라고) 쓴 소설이니까요. 저도 놀리고! 소설 속에 주인공도 놀리고!

한국 사회 권력층을 향한 가혹한 세태 비판이라고 하셨 는데, 동의하기 어렵습니다. (1) 한국 사회 권력층에 대 한 이야기가 아니고, 몇몇 특정인(들)에 대한 이야기라 고 하는 편이 나을 것 같습니다. 한 작품으로 어떤 '층' 을 아우르기엔 아직 제 역량이 턱없이 부족합니다. (2) 가혹하다 하셨는데, 절대 가혹하지 않습니다. 그(들)이 한 일(이라고 쓰고 '짓'이라고 생각합니다)에 비하면 정말 이지 단 '1'도 가혹하지 않습니다. 그런데, 진짜 가혹한 것은 최근 더(!) 가혹한 종족들이 등장했다는 것이죠. 결국, 독자들은 나름의 방식으로 100퍼센트 이해할 거 라고 생각해요. 제가 딱히 원하는 방향은 없습니다(사 실, 독자가 어떻게 이해하는지는 관심이 없어요. 작가, 즉 제 가 어떻게 이해할까가 더 중요하죠).

스트라이크가 되길 바라고 던진 공이 아닙니다. "그냥 내가 이런 구질을 개발했으니 한번 보렴!" 뭐 이런 느 낌이랄까요? 그 공이 꼭 스트라이크존으로 들어가지 않아도 됩니다. 그냥 새로 개발한 '마구(魔球)'라는 사 실만 인정받았으면 좋겠습니다.

규. 그럼에도 불구하고 소설 〈우라까이〉는 결국 핵심의 돌려깎기, 핵심의 건강부회란 느낌을 배제하기 어려운데요. 이건 뭐랄까. 링 위에 오른 선수가 상대 주변을 맴돌며 잽을 날리는 듯한 기분이에요. 이 잽은 혹시 카운터펀치가 없어서 날리는 작가님의 문학적 수법인지, 아님이 '잽'이 원래 '잽'이 아니라 '카운터펀치!'라고 주장하고 싶은 건지 알고 싶네요.

융. 정확히 '잽' 맞습니다. 지금은 경기 초반이니까 당연히 '잽'으로 상대를 견제해야 한다고 생각합니다. '카운터펀치'는 더 결정적인 순간에 날려야 하는 것이니까요.
작품 하나가 한 경기라고 생각하지 않아요. 제 문학 전체가 한 경기가 되는 것이죠. 그렇게 생각하면, 저는 그야말로 링에 오른 지 얼마 되지 않은 선수입니다. 그럼, 문학적 여유 같은 것도 생기고요. 지금, 이 순간 듣고 싶은 말은 '잽을 효과적으로 쓸 줄 아는 선수'라는 평가입니다. 물론, 종국에 듣고 싶은 말은 멋진 '카운터펀치'의 소유자라는 말입니다.
좋은 '잽'을 갖고 있지 않은 좋은 선수는 없습니다.
좋은 '잽' 없이는 좋은 '카운터펀치'도 불가능하고요.
단지, '잽'만 날리다 경기가 끝나버릴지도 모른다는 두려움은 있어요.

2.

"하지만, 여러분,
이거 다 참말입니다!
정말 슬프게도."

규. 〈귀뚜라미 보일러가 온다〉 있잖아요. 이런 소설을 패러
    디, 아님 고급스러운 의미에서 오마주 같은 거라고 하
    는 건가요? 아님, 다른 문학적 용어가 있나요? 이 경우
    백가흠 작가의 소설은 작가님에게 어떤 의미인가요?
    이 작품은 백가흠 작가에게 바치는 도전장인가요, 존경
    인가요, 유희인가요? 아님, 그 이상, 이하의 어떤 야심이
    숨어 있는 건가요? 가급적 야심이 있다고 밝혀주시길
    기대합니다.

융. 가흠이는 제 친구입니다. 함께 문학을 공부했죠. 같은
    교실에서, 같은 선생님께. 그때부터 자신만의 소설을 썼

어요. 그러고 보니, 제 친구 중에는 단연 가흠이가 소설을 제일 잘 쓰는 것 같네요. 그런데 더 생각해보니 친구 중에 소설가가 한 명밖에 없는 것 같기도 하고요.

자신만의 스타일로 10년 이상, 쉬지 않고 소설을 써나가는 것은 정말 어려운 일입니다. 단언컨대, 대단한 일이고, 존경받을 만한 일이고, 부러운 일이기도 합니다. 그런 의미에서 〈귀뚜라미 보일러가 온다〉는 멋진 친구를 위한 오마주이며, 그 멋진 친구의 작품을 패러디한 것입니다.

가급적 야심이 있다고 밝혀야 한다면, 가흠이가 (지금도 충분히 유명하지만) 더 유명해져서 그 유명세 덕에 제 소설도 조금 더 팔리지 않을까요? 그렇진 않겠죠?

규. 제가 개인적으로 본 최고의 소설은 〈여러분, 이거 다 거짓말인 거 아시죠?〉인데요, 제목에서 밝힌 '거짓말'은 이것들이 몽땅 '거짓말'이었으면 희망하는 건가요? 아님, 작품 속에 등장하는 강아지 '足' 같은 한국 관료사회, 천민자본주의 이데올로기 자체가 '거짓말', 혹은 '가짜'라고 말하고 싶으신 건지 궁금해요. 이도 저도 아니라 해도 이 '거짓말'에 대해 나름 장광설에 가까운 썰을

풀어주시면 좋겠습니다.

융. 잘 아시겠지만, 〈여러분, 이거 다 거짓말인 거 아시죠?〉
는 MB가 한 말이죠. MB가 대통령이 된 이후로 (지금은
더 그렇지만) 대한민국에 '소설'이 낄 자리가 없어졌어
요. 정말 거짓말 같은 일들이 매일매일 일어나는 대한
민국에서 진짜 거짓말이 하찮게 느껴지는 것이죠. 최근,
JTBC 뉴스의 시청률이 어마어마한데, 저는 그 이유가
'재미' 때문이라고 생각합니다. 현실이 이토록 재미있
는데, (물론, 막장스러운 재미지요) 누가 소설을 읽겠습니
까? 그게 너무 슬펐어요. 거짓이었으면 하는 것들이 사
실인 세상, 그 어떤 막장 드라마보다 막장스러운 현실,
문학 속 그 어떤 악한보다 악한 현실 속 인물… 바로 이
런 것들이 다 거짓말이었으면 좋겠다는 바람입니다. 그
리고 그런 얘기를 써야 하는 이 '현실'이 또 거짓말이었
으면 했어요.
정말 이렇게 말하고 싶어요.
"여러분, (지금 겪고 계신) 이거 다 거짓말인 거 아시죠?"
하지만, 여러분, 이거 다 참말입니다! 정말 슬프게도.

규. 이 역시 기괴한 질문인데요. 〈여러분, 이거 다 거짓말인
    거 아시죠?〉에 등장하는 광우병, 촛불 등등의 메타포
    있잖아요. 지금 막 그것들을 다시금 떠올릴 때 솟구치
    는 생각들이 뭔지 밝혀주세요.

융. 슬프게도, 정말 슬프게도 '광우병', '촛불'을 생각하면,
    '세월호', '국정논단', '블랙리스트', '탄핵' 이런 것들이
    생각나요. 그때는 정말 '광우병', '용산 참사'가 더할 나
    위 없는 '최악'이라고 생각했는데, 이제 모두 알고 있잖
    아요. 그건 '차악'이었다. 너무 슬퍼요. 그래서 너무 화
    가 나고, 또 너무 슬퍼요. 그리고 또 슬퍼져요. 정말 제
    발 이 모든 것이 거짓말이었으면 좋겠네요.

3.

    "그 '점' 앞에서
    정말 아무것도 못 쓰겠더라고요.
    정말 작아지는 느낌이었어요.
    마치 '점'이 된 느낌."

규. 〈그리지 못해 쓴 이야기〉 01에서 05는 일종의 시리즈물인가요? 전 이 작품을 읽으면서 고전 중의 흉악한 고전 프란츠 카프카의 〈변신〉을 생각했는데요. 〈그리지 못해 쓴 이야기〉 연작에서 '그리지 못해 쓴 이야기'는 실제 그리는 것과 어떻게 다른 걸까요. 그리기의 영역을 쓰기의 영역으로 치환해야 하는 이유나 효과는 어떤 걸까요.

융. 어느 날, (운명처럼) 지금은 폐간되었지만 한때 꽤 잘나갔던 디자인 잡지에서 원고 청탁이 왔어요. 디자인적인 요소를 소설로 풀어줄 수 있겠냐고. 원고료를 준다길래, 이렇게 대답했죠. "그럼요! 제가 가장 하고 싶었던 작업입니다. 아마도 제가 디자인적인 요소를 소설로 표현할 수 있는 국내 유일의 작가일 겁니다. 하하하!"
물론, 거짓말이었고, 아무런 준비가 되어 있지 않았어요. 일단 시작했죠. 점, 선, 면, 형, 형태 등 디자인적인 요소를 제 마음대로 이야기로 만들 수 있게 기회를 줬죠. 저는 글(소설)을 썼고, 사진작가는 같은 요소에 대해 사진을 찍었어요. 이런 방식의 작업에 관심이 많습니다. 같은 주제 혹은 소재를 다른 장르로 표현하는 것! '점'이라는 존재 앞에서 만들어지는 소설, 사진, 그림, 음악,

조각… 결국, 장르는 그릇이 되고 같은 음식을 다른 그릇에 담는 일은 재미있는 실험이 될 수 있다고 생각해요. 때론 아주 큰 의미를 갖기도 합니다. 예를 들면, 짜장면은 그릇에 따라 이름이 완전히 달라지잖아요. 그냥 '짜장'이냐, '쟁반짜장'이냐? 앞으로도 그런 기회가 있다면, 저는 이렇게 대답할 준비가 되어 있습니다.

"그럼요! 제가 가장 하고 싶었던 작업입니다. 아마도 제가 그런 것들을 소설로 표현할 수 있는 국내 유일의 작가일 겁니다. 하하하!"

규. 〈그리지 못해 쓴 이야기 01: 점〉에서는 점점 작아지는 남자가 등장하는데요. '작다'를 선택한 작가님의 직관, 혹은 무의식적 충동을 설명해주실 수 있으세요? 어떤 동기나 작풍의 방향 같은 게 있는 건지도 궁금해지고요.

융. 첫 번째 디자인적 요소인 '점'을 소재로 받았어요. 그런데, 그 '점' 앞에서 정말 아무것도 못 쓰겠더라고요. 정말 작아지는 느낌이었어요. 마치 '점'이 된 느낌. 그래서 결심했죠. 바로 그 느낌을 써보자. 그랬더니 거짓말처럼 바로 써졌어요. 다 쓰고 나서 '다행스럽게도' 내가 그냥

'점'은 아니구나, 라는 생각이 들었어요. (만세!)

"변화에 대한 믿음이 없으면 문학도,
  욕도 소용없습니다."

규. 그런데, 왜 하필, 왜, 왜 사랑인가요? 〈그리지 못해 쓴 이야기 05: 형태〉 마지막 문단에 사랑이 나오잖아요. 그래서 질문하는 겁니다. 어찌 보면 이건 책의 마무리 부분이잖아요. '그만큼 사랑하리라!'라는 문장을 책의 마무리 부분에 포진시킨 이유를 밝혀주시길 바랍니다. 여전히 사랑을 믿으시는 건가요? 기왕 말이 나와서 하는 질문인데, 작가님에게 사랑은 어떤 의미인가요? 출판사의 농간이란 답변은 절대 사절입니다. (웃음)

융. 다행히도, 출판사의 농간은 아닙니다. 저는 여전히 '사랑'을 확고히 믿습니다. 저는 꽤 아주 상당히 매우 긍정적인 사람입니다. 제가 문학을 한다고 하면, 사람들은 '염세적'이라고 생각하기도 하는데, 전혀 그렇지 않습니다. 오히려 아주 밝고 긍정적입니다. 저는 긍정적이니까 이 시대에 소설을 쓰고 있는 것이고, 세상을 욕할 수 있다고 생각합니다. 문학이 죽은 지 오래라고 말하는 이 절망의 상황에서도 '하하하! 언젠가 잘될 거야!'라고 믿으며 소설을 쓰고 있어요. 그리고 욕에서 희망을 찾아요. 사람들에게 이렇게 말해요. "욕은 희망의 시작입니다." 변화에 대한 믿음이 없으면 문학도, 욕도 소용없습니다. 긍정적인 사람은 당연히 사랑을 믿고요.

참, 사랑이 무엇이냐고 물으신다면, 당연히 '눈물의 씨앗'이라고 대답해야겠죠(더 좋은 답 있나요?).

규. 〈빙글빙글 돌고〉를 읽고 나면 정말 돌아버릴 것 같아요. 알퐁스 도데는 저도 꽤 유아스럽게 좋아하는 편인데요. 이 소설을 읽고 나면 산도 보기 싫고, 별도 보기 싫고, 그냥 나미의 〈빙글빙글〉 노래만 떠올라요. 여주인공 스페타네트에 대한 작가님의 페티시적 해석 부탁드립니다. 여기서 페티시적이라 함은 작가님의 변종, 알퐁스 도데의 〈별〉 읽기에 대한 제 나름의 주관적 표현입니다.

융. 저는 개인적으로 주인공 '스페타네트'에게는 전혀 페티쉬적 감정이 없습니다. 좀 슬프지만 그 어떤 사람, 그 어떤 물건에도 페티쉬적 감정이 없어요. 있다면, 제 작품이 더욱 풍성해질 것 같은데.

그냥 우리가 그렇게 살고 있는 것 같아요. 돌고 돌고 돌면서.

별이 반짝이던 그 시절부터,

알퐁스 도데를 사랑하는 그 시절부터,

어쩌면 나미의 〈빙글빙글〉을 즐겨 부르던 그 시절부터.

많이 달라졌다고 믿고 있지만, 뭔가 달라졌다고 생각하지만 그렇지 않은 것이죠. 계속 같은 방식으로 돌고 돌고 돌고 있는데, 사람들은 잘 몰라요. 그러면서 아주 많이 달라졌다고 생각해요. 심지어 여자 주인공 이름이 달라진 것도 모르면서.

"어차피 소설은
독자를 벼랑 끝까지
몰아가는 것입니다."

규. 다시 〈우라까이〉로 돌아와서. 일곱 가지 '악'을 먼저 설정하고 작품 구상을 하신 건가요? 일곱 악의 전개가 정말 끝내주게 신랄하고 포괄적 측면에서 탈-탈정치적인데요. 이런 신랄한 몰아붙임을 통해 어떤 효과를 기대하셨거나 의식하신 건지 알고 싶습니다.

융. 아뇨! 소설 속의 '쥐'가 어떤 잘못을 했는지 따져봤어요. 그랬더니 그게 일곱 가지 '악'이더군요. 마치, '쥐'가 작정을 하고 일곱 가지 '악'을 저지른 것처럼 말입니다. 어차피 소설은 독자를 벼랑 끝까지 몰아가는 것입니다. 사실 더 '몰아붙'이고 싶었는데, 용기도 상상력도 부족했습니다. 그게 아쉬운 점이기도 하고요.

규. 또 〈우라까이〉와 관련된 질문인데요. 주석이 무려 250 개나 붙었어요. 이건 대충 짜깁기인가요? 아님, 원래 천재스러운 (이거 놀리는 거 아닙니다. 정말. 아시죠?) 작가님 발군의 능력 발휘인가요? 이도 저도 아님, 이슈에 따라 나름 치밀하게 맞춰나가는 퍼즐 같은 기법인가요? 질문이 좀 이상해도 존경하는 마음은 여전하니 너그럽게 양해해 주세요. (웃음)

융. "이상한 능력 비슷한 것이 있습니다. 한 번 읽은 기사는 절대 까먹지 않아요. 신문, 날짜, 기자 이름, 내용까지.

그러니까 수많은 기사가 머릿속에 일목요연하게 정리되어 있는 셈이죠. 그러니까 제가 생각한 이야기를 만들고, 이 이야기에 맞는 ○○○○년 ○월 ○일 ○○신문 ○○기자가 사회면에 쓴 바로 그 기사를 쓰면 되겠다"라고 말하고 싶지만, 사실 그렇지 않아요. 〈우라까이〉의 경우, 이야기 틀을 만들고, 수만 번 검색을 해서 그 이야기에 맞게 인용할 수 있는 기사를 찾았어요. 아시겠지만, 단 한 자도 제가 쓰지 않았어요. 'Ctrl+C', 'Ctrl+V'만을 이용해서 만든(!) 소설입니다. 그래서 문장의 호응이 어색하거나, 의미상, 맥락상의 틈이 좀 있죠.

4.

"세상은 좋아질 겁니다.
저는 긍정적인 사람이니까요!
희망을 믿.는."

규. 이젠 사적이면서 정치적인 거 좀 물을게요. 작가님. 우리 동갑인 거 아시죠? 우리 75년생에게 IMF와 촛불은 어떤 의미인지 물어봐도 될까요?

융. 네, 일천구백칠십오 년에 태어났습니다. 그래서 수학능력시험을 1년에 두 번이나 쳤지요. 고등학교 2학년 때까지는 학력고사에 맞춰 공부를 했는데, 획기적인 방식의 대학 시험이 도입된 것이죠. IMF는 제게 바뀐 수능 같은 것입니다. 제가 아무리 '지랄'해봤자인 것. 그리고 그 덕에 더 행복하게 사는 사람이 있다는 것을 알고 그냥 위안 삼아버리는 것.

규. 또 사적인 거 물을게요. 러시아는 대체 왜 이렇게 추운 거예요? 추위를 어떻게 견디세요? 2016년 12월에 일주일 동안 모스크바에 있다 왔는데 얼어 죽는 줄 알았습니다.

융. 러시아도 너무 커서 다 춥다고 말하기엔 좀 무리가 있습니다. 모스크바는 그렇게 추운 편이 아니고요, '오미야콘'이라는 마을은 영하 70도까지 내려간 적도 있다고 합니다. 제가 모스크바에 있을 때 최저 기온이 영하 20도까지 내려간 적이 있는데, (인간적으로) 춥긴 추웠지만 "오늘은 몹시 추울 거야!"라고 생각하고 나오면 견딜 만합니다. 그냥, 목도리가 좀 얼고, 사람들이 자동차 문을 열지 못하고, 개들이 지하철역 안으로 들어오고 뭐 그 정도라고나 할까요? 나머지 일상은 그대로입니다. 학교에 가고, 회사에도 가고, 술도 (여전히 많이) 마시고, 심지어 산책도 하니까요. 올해는 모스크바가 영하 30도까지 떨어졌다고 들었어요. 북극의 찬 공기가 남쪽으로 내려오지 못하도록 막고 있는 제트기류의 힘이 약해졌다고 하더군요.

그리고 저는 지금 러시아에 살고 있지 않아 그 추위를 견딜 필요가 없어요. 지금 저는 (러시아보다) 따뜻한 슬로베니아에 살고 있답니다.

규. 참, 작가님. 푸틴과 트럼프 같은 인간들이 왜 신흥 교주처럼 지도자 자리를 꿰차는 거예요? 러시아와 미국이 원래 그렇게 친했어요? 도대체 이 빌어먹을 지구촌은 왜 이 모양이죠?

융. 동양의 어떤 나라에서는 푸틴과 트럼프보다 훨씬 더 심한 인간도 지도자 자리를 꿰차고 있는걸요. 그리고 러시아와 미국은 원래 친하지 않았을까요? 사이좋게 서로 땅도 사고팔고 하는 사이였잖아요. 올림픽도 나눠서 하고, 무기도 함께 줄이자고 약속하고, 미국을 떠난 첩보원을 러시아에서 돌봐주기도 하잖아요. 원래 친한 것 맞는 것 같아요. 세상은 좋아질 겁니다. 저는 긍정적인 사람이니까요! 희망을 믿.는.

여러분, 이거 다 거짓말인 거 아시죠?

초판 1쇄 발행 2017년 2월 6일
초판 2쇄 발행 2017년 5월 25일

지은이 강병융
펴낸이 이상훈
편집인 김수영
기획편집 정진항 김준섭
마케팅 조재성 정윤성 한성진 정영은 박신영
경영지원 김미란 장혜정

펴낸곳 한겨레출판㈜ www.hanibook.co.kr
등록 2006년 1월 4일 제313-2006-00003호
주소 121-750 서울 마포구 효창목길 6, (공덕동) 한겨레신문사 4층
전화 02) 6383-1602-1603
팩스 02) 6383-1610
대표메일 munhak@hanibook.co.kr

ISBN 979-11-6040-037-3 03810

• 책값은 뒤표지에 있습니다.
• 파본은 구입하신 서점에서 바꾸어 드립니다.
• 이 책의 일부 또는 전부를 재사용하려면 반드시 저작권자와
  한겨레출판㈜ 양측의 동의를 얻어야 합니다.